新装版

大山まいり

取次屋栄三《えいざ》⑨

岡本さとる

祥伝社文庫

目次

上野山
不忍池
池之端
神田明神
神田川
浅草奥山
浅草寺
浅草山谷堀
大川橋
番場町
源光寺
小梅村
北割下水
多田薬師
本所
石原町
永井勘解由邸
横川
柳橋
両国橋
南割下水
入江町
竪川
大川（隅田川）
人形町「なにわ屋」
日本橋通南三丁目
松田新兵衛宅
日本橋
呉服町「田辺屋」
南町奉行所
四丁目
三十間堀
京橋川
八丁堀
永代橋
小名木川
浄心寺
深川
木場
芝口西側町

「大山まいり」の舞台

京橋界隈
居酒屋「そめじ」
京橋川
弾正橋
白魚橋
京橋
中ノ橋
比丘尼橋
水谷町
栄三郎の「手習い道場」
善兵衛長屋
紀伊国橋
新シ橋
木挽橋
湊稲荷社
鉄砲洲
船松町
石川島
佃島
西本願寺
北
西
東
南
赤坂御門
江戸城
大山詣り路程
阿夫利神社
大山寺不動堂
大山
愛甲
厚木
国分
大山街道
長津田
荏田
溝口
三軒茶屋
青山
赤坂御門
東海道
多摩川
藤沢
金沢
相模川

第一話

大山《おおやま》まいり

一

夜はまだ明けきらぬ。

しかし、七月の盆を迎える外の様子は、涼風がすっと走り抜けてまことに心地《ここち》が好《よ》い。

今、京橋《きょうばし》から芝口《しばぐち》へと歩みを進める風変わりな旅の一行がある。

武士が二人に、町人が四人。その内の二人は女である。

町人四人は揃《そろ》いの行衣《ぎょうえ》を身につけ、一行の主《あるじ》と思《おぼ》しき恰幅《かっぷく》のよい男は木刀を担《かつ》いでいる。これは一尺ばかりの〝納め太刀《だち》〟であるから、どうやらこの一行は大《おお》山詣《やままい》りの講中《こうじゅう》であるようだ。

武士の正体は秋月栄三郎《あきづきえいざぶろう》と松田新兵衛《まつだしんべえ》――。

となると町人たちは、日本橋呉服町《にほんばしごふく》の大店《おおだな》・田辺屋宗右衛門《たなべやそうえもん》、お咲父娘《さきおやこ》に、〝取次屋〟の番頭・又平《またへい》、そして京橋の袂《たもと》に小体《こてい》な店を出す居酒屋〝そめじ〟の女将《おかみ》・お染《そめ》であらねばなるまい。

前の月――山開きに合わせて、田辺屋出入りの油屋・和泉屋繁治郎《いずみやしげじろう》が果たした大山詣りによって、留守を務めた彼の九歳の息子・公太郎《こうたろう》は、それまでの意気地《いくじ》なしの小心者からがらりと変わってたくましい跡継《あとつ》ぎとなった。

これには、公太郎の手習い師匠である秋月栄三郎と、公太郎を以前からよく知るお咲が一肌脱いでいたのだが、宗右衛門はこれも大山詣りの功徳《くどく》と感じ入り、自らも講を立てた。

もちろん、このところまるで旅に出ていなかった宗右衛門が、成長著《いちじる》しい跡取り息子の松太郎《まつたろう》に店を預け、大のお気に入りの仲間を集めて遊山《ゆさん》に行きたいとの想いを信心《しんじん》にかこつけてのことである。

楽しくて頼りになる五人に囲まれて、宗右衛門は上機嫌で、ふくよかな体を揺さぶりつつ旅の一歩を踏み出しているのだ。

講に加わった五人はそれぞれ忙しい身ではあるが、分限者《ぶげんしゃ》で人徳高き宗右衛門の誘いとなると断れなかった。

栄三郎は、旅の間の〝手習い道場〟の留守を真裏にある〝善兵衛《ぜんべえ》長屋〟の住人たちに託し、子供の手習いは二度ばかり、池之端《いけのはた》で手習い師匠を務めるおくらに見てもらうことにした。

おくらは、栄三郎の前に手習い道場の師匠を務めていた宮川九郎兵衛《みやがわくろべえ》が若き頃、悲恋に終わった相手・おきよの忘れ形見《がたみ》で、九郎兵衛との感動的な出会いを果たした後、栄三郎とは懇意《こんい》になり、時折この手習い道場を訪ねていたので、代教授を頼むのには適任であった。

居酒屋〝そめじ〟の方はというと、お染がかつて染次《そめじ》という名で深川《ふかがわ》に出ていた頃の自前の妹芸者たちがおもしろがって、入れ替わり立ち替わり店へ出て切り盛りすることになった。

もっともお染に言わせると、

「どうせ大した客もいないんだから、閉めちまってもよかったんだけどね……」

などと、はなはだ素気《そっけ》ないのであるが、講に誘われたことには随分《ずいぶん》と気分が好い。

「わっちはまあ、お咲さんが女一人なんで、あれこれお役に立つこともあると思うんですがねえ。又公《またこう》、お前は足を引っ張るんじゃないよ」

宿敵・又平に喧嘩《けんか》を売る声も弾《はず》んでいる。

「それにしても、せっかくこうして田辺屋の旦那《だんな》様に連れていってもらっても、わっちとお咲さんは女だからお社《やしろ》の上までは登れない。まったく女ってえのは損なものですねえ」

「冗談言っちゃあいけねえ。お咲ちゃんはともかく、お染、お前は女だから得をしているんだよう。女でなかったら、今頃ぶっ殺されているところだぜ」

そんなお染に又平がやり返す。

賑《にぎ》やかな二人のやりとりがおかしくて、一行の足取りは軽かった。

「はッ、はッ、はッ、楽しい……。本当に楽しい……」

宗右衛門の足取りも衰えない。

体が重いだけにお咲は案じていたのだが、若い頃は掛取りに江戸中を歩き回ったという宗右衛門の思わぬ健脚ぶりに一同は驚《おどろ》かされたものだ。

旅に出れば父親の面倒に忙殺されるのではないかと危惧《きぐ》を抱いていたお咲であるが、自《みずか》らの足で歩き講の仲間と共に動くことを楽しむ宗右衛門の様子に安堵《あんど》して、ちらちらと松田新兵衛の姿を確かめながら、二人きりではないにしろ、愛しい殿御と一緒に歩む旅路を楽しんでいた。

一行は芝口を右へと曲がり赤坂《あかさか》御門の方へと出ると、そこからは青山《あおやま》、渋谷《しぶや》、三軒茶屋《さんげんぢゃや》へと快調に歩みを進めていった。

この先は多摩《たま》川を渡って大山街道へ進むのであるが、二子《ふたこ》の渡しの手前で栄三郎が後方を気にしながら、

「あの小母《おば》さん、ちょっと気になるな……」

ぽつりと言った。

「あの小母さん……？」

又平は少し振り返って確かめた。

五十がらみの旅の女が一人、栄三郎たちの少しばかり後をついて歩いている。

はっきりとわからないが、明けてきた空の下、歩く姿もしっかりとしていて、どこかの商家の内儀のように見える。

「ああ、そう言やあ、どこからかつかず離れずあっしらの後をついてきているような」

「赤坂の辺りからだ」

新兵衛が静かに応《こた》えた。さすがに廻国《かいこく》修行を続けた身である。武芸者として身の回りの変化には聡《さと》い。

その心得にお咲は感じ入り、改めて新兵衛に憧憬《しょうけい》の目を向けたが、あの小母さんがどうかしたかと腑《ふ》に落ちぬ顔をしている又平に、

「まったく鈍《にぶ》い男だね。女がただ一人で歩いている。しかも、見たところじゃあ旅の様子だ。何か理由《わけ》があるんじゃないか……。栄三《えいざ》さんはそれを言ってるんだ

よ」

　お染はまたも喧嘩を吹っかけるように言った。

「うるせえ！　そんなこたぁわかってらい。おれはまた、旦那のお知り合いかなと思ったんだよ」

　又平はそうやり返したが、女を栄三郎は知らなかった。

「どこかで連れと落ち合うのかもしれぬが、同じ道筋なら一緒に歩いてあげた方が心強いのではないかと思ってな」

　そんなことでいちいちいがみ合うなと苦笑いを浮かべつつ、栄三郎は言った。

「さすがは先生、旅は道連れとか申します。ちょっと声をかけてみましょう。実は少し足を休めたいと思っておりましたところで……」

　話を切り出す好いきっかけが出来たと宗右衛門は笑った。

　呉服店・田辺屋といえば知らぬ者がないほどの大店で、その主といえば相当なお大尽《だいじん》であるが、宗右衛門はこういうところがまことに遠慮深くて愛敬《あいきよう》がある。

「田辺屋殿の講中ではございませぬか。思うがままになさればよろしいのですよ」

　栄三郎の言葉に一同は笑い合って、道端の低い土手に腰をかけて足を休めた。

これによって、後ろの女との間は狭くなる。

女は前を行く一行がにわかに立ち止まって休息を始めたことにいささか面喰《めんく》らったようで、このまま抜き去っていくことをためらう風情《ふぜい》を見せた。

ここで顔が明らかとなったが、少しばかり髪に白い物が混じっているものの、整った目鼻立ちに勝気な様子が見受けられた。

「もし、大山詣りへの道中ですかな」

宗右衛門が穏《おだ》やかな声を投げかけた。

ふくよかで、いかにも品格のある宗右衛門のことである。女はたちまち包み込まれるように会釈《えしゃく》を返して、

「はい……。川の向こうで連れと落ち合うことになっておりまして……」

遠慮がちに言った。

川を越えるまでの道中、本当は連れがあったのだが、のっぴきならぬ理由が出来て来られなくなり、一人で向かうことになったらしい。

「お見かけしましたところ、皆様の後をついていけば難儀にも遭《あ》うまいと存じましてここまで参りましたが、お目障《めざわ》りにございましたか……」

女の言葉になるほどそういうことかと栄三郎も納得し、

「それならば、お連れに会うまでいっそ一緒に参ろう……」

にこやかに勧めた。

女に異存はない。大喜びで一行の道連れとなった。

女はおきんと名乗った。芝口西側町で半襟《はんえり》を商《あきな》っているのだが、亭主に死に別れた後は一人娘に婿《むこ》養子を取って、今は楽隠居の身であるそうだ。

このあたりまでのことが知れる頃には、おきんはすっかりと一行に打ちとけていた。

栄三郎、又平、お染、お咲が賑やかに話す様子は聞いているだけでおかしいし、宗右衛門は聞き上手で四人の会話に時折絶妙な相《あい》の手を入れる。そして、それを見守る新兵衛は無口ではあるが、この男がにこやかな表情で傍《そば》を歩いていると、ただそれだけで旅の不安などが消し飛んでしまう頼もしさがある。

「連れが来られなくなって、かえって幸《さいわ》いでございました……」

おきんはそんなことまで言って喜んだ。

この時おきんは、

「いやいや、わたしもおきんさんと同じような者でございましてな……」

などと親しみを込めて話してくれる気さくな田辺屋宗右衛門のことを、まさかに江戸に名だたる呉服店の、あの田辺屋の主であるとは思いもかけなかったのである。

二

はきはきとした物言いで、若い頃からさぞかししっかり者であったと思わせるおきんであったが、二子の渡しで多摩川を越えた後も合流するはずの連れは現れなかった。

宗右衛門が声をかけ、栄三郎が、

「一緒に参ろう……」

と誘った時は、溝口《みぞのくち》に親類がいて、これが講を組んでいるのでそれと合流するのだと言っていたのだが、川を渡った所にも親類は現れず、溝口の宿へ入った時もその姿はどこにもなかった。

「あれ、これはどうも、わたしが思い違いをしたようでございます。連れは先に長津田《ながつた》へ向かったのに違いありません」

親類の講中はおきんの連れが来られなくなったことは知らないようで、長津田の宿で待つつもりのようだとおきんは言った。

江戸から大山詣りに向かう一行は、荏田《えだ》か長津田の宿でまず一泊をする。女の足なれど頑張って長津田まで行ってみせると文《ふみ》に認《したた》めていたので、親類の一行は長津田で落ち合うものだと思い込んでいるのかもしれなかった。

「どうせ我々も長津田で宿をとるつもりですから一緒に参りましょう」

そんなおきんに宗右衛門は親切に声をかけ、共に長津田を目指すことにした。

そうして夜になり、長津田に入ったものの、おきんの親類が逗留《とうりゅう》している旅《は》籠《ご》がすぐわかるように、外から見えるような所に掛けておくと言っていたという、〝きん〟と書かれた目印《めじるし》の菅笠《すげがさ》もやはり見つからなかった。

田辺屋講中はあらかじめ手配をしてあった宿へ入り、又平とお咲がおきんの目指す旅籠を一緒になって探してやったのだが、

「ああ、本当にわたしとしたことが、なんと段取りの悪いことでしょう。自分で勝手にあれこれ思い込んでいたようです……」

さすがにこの時は又平とお咲の前でしゅんとなったおきんであった。

「好いではありませんか、それならわたしたちと一緒に大山まで行ってしまいましょう」

お咲のことである。そう言っておきんを慰《なぐさ》めてやった。

どうせ女はお染と二人だけであることだし、お染はあのようなあけすけで飾らぬ気性《きしよう》であるから、遠慮なく自分たちと同宿すればよいのであると。

「いえ、それではあまりにご迷惑をかけてしまいます。わたしはどこか宿を取りますから、明日お発《た》ちの折はまた厚かましゅうはございますがご一緒させてくださいますよう、旦那様方にお頼みくださいませ」

おきんはお咲の申し出にそう応えたが、

「そんなまどろっこしいことをせずともこのお嬢さんの言うようにすればようございますよ。おきんさんを連れて帰らなかったら、お前たちは何をしていたのだと、あっしらはかえって叱《しか》られやすから」

又平はそう言って、お咲と二人でおきんを宿まで連れ帰ったのである。

もちろん、宗右衛門、栄三郎、新兵衛の〝旦那様方〟はおきんを温かく迎えたが、旅の第一夜——男部屋では、おきんには何か抱え持っている屈託があるのではないかと囁《ささや》き合われた。

「もとよりおきんさんに連れなどおらぬようですな……」

栄三郎の推測に宗右衛門は、

「そのようでございますな。あれだけしっかりとした人が、連れと落ち合うのにあのような頼りないことはしますまい」

我が意を得たりと頷《うなず》いた。

「我々に怪しまれず、共に旅をしたいがための方便でござろうな。だが、何ゆえに女が一人で大山詣りへ……。どうも解《げ》せぬ」

新兵衛も首を傾《かし》げた。

「と言って、まさか親しくなっておいて枕探しをするようなおっ母《か》さんじゃあねえでしょう」

又平はおきんに親しみを覚えていたので心配そうな顔をした。

「そんなことはないと、おれも思っているさ」

又平の不安を栄三郎が言下に否定した。

「楽隠居をしていると言っていたが、その実、娘夫婦とどうもうまくいっていないのかもしれぬな」

「おきんさんはしっかり者のようですからな。婿養子のやりようが気にくわなくて、つい小言《こごと》を口にしてしまう。すると娘は亭主の味方になって、おっ母さんは引っ込んでいてちょうだい！　なんて生意気《なまいき》な口を利《き》く……。おきんさんにはそういう暮らしがおもしろくなくて、ある日プイッと家を出た……。そんなところかもしれませんな」

栄三郎の推測に宗右衛門が続けた。

「なるほど、そういうものかもしれませぬな」

新兵衛はこういう家の事情には縁がないゆえに、そういうこともあろうものかと感じ入った。

実際その頃、女部屋では――。

又平がいかに馬鹿かを説くお染の話に大笑いしつつ、おきんはこれにつられて娘の婿のことをこきおろしていた。

「わたしはあんなうらなり瓢簞《ひょうたん》みたいな男はやめとけと言ったんですよ。それなのに、娘ときたらどこが好いのかぽーッとしてしまいましてね、お願いだからあの人を婿養子にしてちょうだい……。なんて言うものですから、まあ養子にはうらなりくらいがおとなしそうで好いかと思って婿に迎えたらもう大変……。うらなりが生意気に口を利くんですよ。おっ義母《か》さん、今時そういう考え方ははやらないのですよ、なんてね。まあ、わたしも男を見る目がなかったかもしれないが、子供というものは親の悪いところばっかり似るのですねえ……」

お咲は床《とこ》に就《つ》く前に、男部屋にそんなおきんの様子を楽しそうに報告したので、

「ふむふむ、やはりそんなところでしたかな」

宗右衛門は読みが当たったとご満悦で、お咲が部屋へ戻った後、

「これはおもしろいことになってきたようですね……」

と、少し浮き浮きとした表情を浮かべて言った。

「はい。この先が楽しみですな……」

栄三郎はニヤリと笑い、傍で又平が相槌《あいづち》を打つ。

――困った面々だ。

横で新兵衛がふっと笑った。

せっかくの大山詣りの道中、理由《わけ》ありの女を抱えてしまったのにもかかわらず、この三人はいかにも楽しそうである。

人好きで、取次屋なるお節介を生業《なりわい》とする秋月栄三郎は、こういう厄介《やっかい》を道中の供とし、おもしろがっているように見える。

彼の信奉者の又平はともかく、田辺屋宗右衛門ほどの忙しい男が栄三郎に感化されていっている姿は何ともおかしい――。

常に冷静な目で物事を俯瞰《ふかん》する松田新兵衛はそんなことを思いながらも、この困った三人が自分を心の底から頼りに思ってくれていることにかすかな喜びを覚えていた。

——いや、一番おかしいのはこのおれかもしれぬ。

新兵衛のことを慕《した》うお咲も一緒にいながら、田辺屋宗右衛門の講中に入って大山詣りをしているのである。

——おれも変わったものだ。

新兵衛は再び小さな笑いを浮かべると、年々その浮き立った表情に味わいが出てきた剣友・秋月栄三郎の顔をつくづくと眺《なが》めた。

翌早朝——。

一行は長津田を出て、国分《こくぶ》を通り、厚木《あつぎ》の渡しで相模《さがみ》川を越え、大山道へと進んだ。

旅の空で一夜を共にすれば、随分と気心も知れるというものである。

おきんは予備にと又平が荷の中に入れてきた行衣を勧められ、すっかりと田辺屋講の一員になったかのような様子で、昨夜お染と交《か》わした四方山《よもやま》話を思い出しながら元気に歩いている。

思えば働きづめで旅になど出たことがなかったと、おきんは笑顔を絶やさなかった。

しかし、厚かましいことだと遠慮をするおきんを温かく迎え、彼女を大はしゃぎさせる一行の六人は、旅の道連れが増えたと無邪気に喜ぶような単純な面々ではない。

おきんを寛《くつろ》がせながらも、一人旅を企《くわだ》てたこの女の抱える事情に思いを馳《は》せ、見守り、その謎を楽しむ余裕さえ見せていることに、当のおきんは思い至っていないようであった。

だが、剣客《けんかく》二人に守られつつ、えも言われぬ楽しそうな雰囲気を醸《かも》すこの一行を見込んで後をついてきたというおきんの選択は正しかったといえる。

厳しい残暑もなんのその、歳《とし》に似合《にあ》わぬ健脚の持ち主であるおきんは、頼りになる仲間を得て足取りはますます快調で、愛甲《あいこう》、石倉《いしくら》を経《へ》て、その日のうちにいよいよ大山の麓《ふもと》へと入った。

日も暮れて山から吹く風は驚くほど涼しくて、多くの講中の者たちにほっと一息つかせた。

今、大山は七月朔日《さくじつ》から七日までの朔日山、八日から十三日までの間《あい》の山に続いて、十四日から十七日までの盆山に入っていて、大きな賑《にぎ》わいを見せている。

それだけに宿坊が並ぶ道は人で溢《あふ》れ、ここへ来てもおきんが言う溝口に住む親類の講がどこにいるやら見当もつかなかった。

「わたしの連れが、用が出来て来られなくなったことを溝口の者に報《しら》せたのかもしれません。それで皆は、わたしも来られなくなったと思い込んでしまって……」

結局、自分のことに構わず大山へ行ってしまったのに違いないと、おきんはこでも、その人柄に似合わぬ無計画ぶりが災いしたと弁解した。

やはり最初から、おきんに連れはなかったのだ——。

栄三郎はその推測に確かなものを覚えたが、宗右衛門に諮《はか》っておきんが抱える謎を解きほぐすのは帰りの楽しみに取っておこうと深くは問わず、まず明日に控えたお詣りに備えることにして、宗右衛門が手配をした宿坊へと入った。

おきんはまた、

「そんな厚かましいことはできません……」

と、お咲、お染との同宿を遠慮したが、ここへ来て田辺屋講中と違う所に一人泊まることも憚《はばか》られた。結局は恐縮しつつ、二日目の夜もまた宿りを共にすることなった。

「遠慮するほどのことはありませんよ」

宗右衛門は相変わらずの穏やかさでおきんを歓迎したのである。

ここまで宗右衛門は、その大身代《おおしんだい》に似合わぬ質素な宿ばかりを用意していた。自らの足で地を踏みしめてお詣りに行くのである。大山の頂《いただき》に登るまでは気を引き締《し》める意味も込めて、質実剛健《しつじつごうけん》に徹しようと思ったのだ。

何といっても愛娘《まなむすめ》・お咲が慕ってやまない松田新兵衛は、この質実剛健を絵に描《か》いたような武士である。

金持ちの遊山や道楽に付き合わされることを嫌うに違いないと思っての配慮もあった。

とはいえ、分限者としてちょっとは人に知られた田辺屋宗右衛門である。日頃、贔屓《ひいき》にしている秋月栄三郎、又平主従を接待したいし、元は深川の売れっ子芸者であったお染には、けちくさい旅に付き合わされたと思われては業腹《ごうはら》だ。

そこで帰りは藤沢《ふじさわ》から東海道《とうかいどう》を通る旅程にしてある。

藤沢と金沢《かなざわ》では精進《しょうじん》落としの言い訳の下《もと》、贅《ぜい》を尽くした料亭での逗留を考えているのであるが、今日の宿坊はおきんが恐縮するほどの宿ではない。

すべてはまずお詣りが済んでからのこと――。

一行はとにかく宿坊へと入り、豆腐《とうふ》、山菜が主な精進料理で英気を養《やしな》い、この日は無駄口もほどほどに床へと入ったのであった。

「いよいよ明日が勝負だぜ……」

栄三郎たちが大山の麓の宿坊へと入っていったのを人込みの中で見届けると、一人の旅の男が唸《うな》るように言った。

「そうだな。どうせ女どもは不動までしか行かれねえからな……」

横で連れの男が相槌を打った。

この二人連れも江戸から大山詣りに来たようである。

共に歳の頃は三十過ぎで、いかにも盆の掛取りから逃れて盆山に詣る――そんな風情が漂《ただよ》う軽薄さを持ち合わせている。

そしてこの二人の目は、おきんばかりに注《そそ》がれていた。

何を隠そうこの二人連れは、江戸を出て間もない折からおきんの後をつけていたのである。

自分の身の回りの人の動きに鋭敏である秋月栄三郎も松田新兵衛も、女の身で一人旅をするおきんのことは気になっても、こ奴《やつ》らのことはあまりにもどこにでもいる大山詣りの二人連れのことことて眼中になかったのである。

「ここまで来たんだ。手ぶらじゃあ帰れねえぜ……」

「ああ、だがあの婆《ばば》ァ、例の物を宿に預けやしねえかな」

「心配するな。あんな大金を持っていることを人に知られたかねえようだし、そんな気配はねえ」

「よし、おれたちもここへ泊まるとするか」

「部屋が空《あ》いていりゃあいいが……」

「なに、おれたち二人くれえ何とかなるさ」

二人はやがて宿坊の中へと入っていった。そしてそのままそこから出てくることはなかったのである。

三

「六根《ろっこん》清浄《しょうじょう》懺悔《さんげ》懺悔《さんげ》……」

講中の頭《かしら》を先達《せんだち》にした男たちが威勢よく山を行く。

この日。いよいよ田辺屋宗右衛門は、大勢の参詣者《さんけいしゃ》の中に混じって秋月栄三郎、松田新兵衛、又平に伴《ともな》われ、大山の頂にある阿夫利《あふり》神社を目指して山を登った。

さすがに急な坂が続き、重みのある体を上へ上へと進ませるのに苦闘する宗右衛門であったが、

「田辺屋殿、これに摑《つか》まり、それへ足を置けばようござりまするぞ」

すぐ後ろにあって、松田新兵衛が的確な指示を出してくれるのでまことに心強い。

「うむ、その調子でござるぞ！　田辺屋殿が転げ落ちられると、後に続く者は皆、麓へ向かって真っ逆さまですからな……」

その後からは秋月栄三郎が軽妙な言葉で励ましてくれる。

「へいどうぞ、喉《のど》が渇《かわ》きやしたでしょう」

又平は絶妙の間合で水筒を差し出してくれる――。

「まったく好い講中を組むことができましたよ……」

宗右衛門はこの言葉を発する度《たび》に、山の高みに登っていった。

空は青く晴れ渡り、山中は残暑も優しいもので、何かというちに四人は阿夫

利神社に到達した。

　ここで木刀を納め、大願成就《たいがんじょうじゅ》を祈願してお札《ふだ》をもらい、無事お詣りもすんだ。

　四人はしばし爽《さわ》やかな涼風に体を預け、目の前に広がる丹沢《たんざわ》の山々をうっとりとして眺めた。

「田辺屋殿、お咲の分も祈ってあげたのでしょうね」

　栄三郎の問いに、

「はい、それはもう……」

　宗右衛門は少し意味ありげな笑みを湛《たた》えて栄三郎を見た。

「そろそろ良縁に恵まれてもらいたいところですな」

　栄三郎は互いに気持ちを通わせ合いつつも、修行修行でお咲との間になお一線を画《かく》する新兵衛に少しあてつけるように言った。

　いつもの新兵衛であれば、

「栄三郎、おれに何を言いたいのだ」

と、怒るところであるが、今はすっと聞き流し、無言で山々を見続けた。娘のことを案じつつ、剣客・松田新兵衛の尊厳をどんな時でも守り大事にする田辺屋宗右衛門の前ゆえに、すまぬと思ったのであろうか。それとも新兵衛の大願成就の祈りの中には、お咲との幸福なる先行きのこともすでに織り込まれているのであろうか――。

栄三郎はそれ以上の追及は止《や》めて、

「又平、お前はお染の分まで祈ってやったのかい」

と、今度は又平に問うた。

「へい、祈ってやりましたよ。これから先はおしとやかな女になれますようにってね……」

おどけて応える又平の言葉に、一同の顔も綻《ほころ》んだ。

「さて、山を下りるとしますか。これから先はおきんさんの身の上話を詳《くわ》しく聞かせてもらいましょう」

栄三郎は宗右衛門と頷き合うと、力強く立ち上がった。

その頃――。

阿夫利神社の別当寺である大山寺不動堂には、お咲、お染、おきんの三人がいた。

山の中腹にあるここまでは、講中の男四人と共に登ってきた三人であった。

これより先は女人《にょにん》禁制。それぞれの大願成就を託し、三人は寺の境内《けいだい》でゆっくりと山の涼を楽しみ、時を過ごしていたのである。

「まあ、上のお社にまで行けないのは業腹だが、ここのお不動さんに来ただけで、何だかとてつもなくご利益《りやく》をもらったような気になりますねえ……」

掛茶屋《かけぢゃや》の床几《しょうぎ》に腰をかけていたお染はそう言うと、立ち上がって大きく伸びをした。

自分の代わりに山の上で祈願してくれるよう男たちに頼んだ三人であったが、願い事はそれぞれの胸の内にしまっている。

「おきんさんは、何を祈ったんです」

お染は他の二人のそれが気になるようで、まずはおきんに好奇の目を向けた。お染のことである。その問いかけはさらりとしていて嫌みがない。

「それはもう……」

おきんは問われてお染に向き直ったが、ふと口ごもった。

そう言われてみると、方々で手を合わせたものの、これといって心願を思いつかぬうちに大山まで来てしまった——。

ここまでは旅をすることが珍しく、田辺屋講の面々の楽しさにただ浮かれて来てみたが、目的地に着いてみると、何やらえも言われぬ空《むな》しさがおきんを襲ってきていたのである。

お染もお咲もこの一瞬で、おきんが心の奥に大きな屈託を抱えていることを確信した。

そもそもお染とお咲とて、秋月栄三郎や宗右衛門と同じように、連れと落ち合うことになっていたというおきんの言葉には嘘《うそ》があると、長津田の宿に入った時には思っていた。

特にお染は深川という色里で、雑多な人間に触れてきた女である。人に対する洞察は鋭い。

「のっぴきならぬ理由で、ただ一人、とび出すように旅に出てきたのに違いない。まあ、気をつけてやってくれ……」

そんなことは百も承知の秋月栄三郎は、長津田の宿でそっとお染とお咲に告げていた。

はきはきとしていて、お染とお咲と相通ずる勝気さを秘めたおきんは、愛すべき母親のような想いすらする。

今日は男四人が山へと登って戻ってくるのを待つ間、何とか二人でおきんの口から旅に出た真実を聞き出したいと、お染とお咲は互いに心に期するものがあった。

　そしてお咲は、自分よりはるかに人情の機微《きび》に長《た》けたお染に話の持っていき方を任せていて、絶えずにこやかな笑みを浮かべて、お染とおきんが交わす会話に聞き入っていたのである。

「ふふふ、おきんさんの願い事はというと……」

　お染は思わず口ごもってしまったおきんにすかさず、

「うらなりがもうちょっとしっかりするように。娘さんが、自分の亭主がうらなりだってことに早く気づくように……。こんなところですかねえ」

と、言葉を継いだ。

「ほほほ、お染さんは本当におもしろいお人ですね。まあ、そんなところですよ……」

　おきんはお染の話し口調に思わず笑ってしまったが、その表情にはこれまでのおきんには見られなかった翳《かげ》りがあった。

　子供の頃、遊びに夢中になるうちに、ふと気がつくと遠く見知らぬところにいることに気づき、何やら泣きたいほどに心細くなる――。

　お染の目には、おきんの見せたその翳りはそんな風に映《うつ》った。

「さて、女どもは宿に戻って寝転びながら男どもを待つとしますか」

お染はおきんの弱みを見ないふりを決めこんで先頭を歩き出した。

「そういたしましょう。わたしも歳ですねえ、何だかこのお不動様を拝《おが》んだ途端に、疲れが押し寄せてきたような……」

おきんは救われたような想いでお染の後に続いた。

——やはりお染さんには敵《かな》いません。

お咲は、母親ほどのおきんでさえも巧《たく》みに扱いその心を開かせつつあるお染の女としての貫禄《かんろく》に感心しつつ、自分もまた後に続いたのであるが、

——どうもおかしい。
二、三歩歩き出したところで、彼女の五感が殺伐《さつばつ》とした嫌な〝気〟を捉《とら》えた。
それは女としての貫禄を示すお染も持ち合わせていない感覚で、お咲が愛しい松田新兵衛の境地に少しでも近づこうと剣の修行をして得た、武芸者が持つ殺気への探知力というべきものであった。

旅先でほんの少しの間とはいえ、女だけの一時《ひととき》が出来る——。

「お咲、頼んだぞ」

彼女にとっての剣の師・秋月栄三郎は、不動堂で別れる時、お咲にそう言い残

した。

その言葉には万事機転の利くお染は心配ないが、年配のおきんをしっかりと守ってやるようにとの含みがあることをお咲はわかっていた。

このような自分の役割を果たすことで、お咲は女の自分を大山詣りへ連れてきてくれた父・宗右衛門に対して胸を張れるのだ。

それゆえに、女だけとなってよりこの方、お咲は身の回りに細心の注意を払っていたのである。

お咲が覚えた殺伐とした嫌な〝気〟は、山を下りる道中も背後から漂ってくる。

その〝気〟は、人通りが少なくなると大きくうねってきて、他の大山講の一団が現れるとふっつりと消え去る――。

お咲は巧みに草鞋《わらじ》の紐《ひも》を結び直してみたりしながら、時折〝気〟を放つ者の正体を探ってみた。すると、どうも二人連れの男が自分たちの動きを見張っているように思えてきた。

「誰かにつけ狙《ねら》われているようですよ……」

お咲はおきんを心配させてはいけないと思い、お染にだけこっそりと耳打ちした。

お染はさすがに性根《しょうね》が据《す》わっている。

こっくりと頷くと、それからはことさらに大きな声であれこれ語りつつ、道ですれ違う講中に、

「ご苦労さまですねえ！」

歯切れの好い言葉を投げかける。そこは元深川の売れっ子芸者である。声をかけられた男たちは何とも好い気分になって、

「姐《ねえ》さん、大したもんだねえ！」

と、女の身で不動堂までやってきたお染を称《たた》える。

そんなやりとりが続くものだから、女三人の様子を窺《うかが》う二人連れはうっかりと近寄ることもできない。

そうして悠々《ゆうゆう》と、お染、お咲はおきんを連れて宿坊へと無事戻ることができた。

「畜生《ちくしょう》め、どこか繁《しげ》みにでも引っ張り込んで脅《おど》してやろうと思ったのに、まるできっかけが摑めねえや」

三人の姿が宿坊へと消えたのを見て、一人の男が歯嚙《はが》みした。

「なに、こうなりゃあ、野郎どもが帰ってくるまでに部屋へ押し入るまでよ」

もう一人の男が不敵に笑った。

この二人連れこそが件《くだん》の、おきんを付け狙って旅を続けているあの男たちである。

背がすらりと高いのが留松《とめまつ》、小太りの方が簑一《みのいち》という。

昨夜二人は宿坊に頼みこんで一部屋取って、田辺屋講中と同じ宿に泊まることに成功していた。

おきんが女たちだけで宿坊に戻ってきた様子を確かめると、

「ああもう不動堂まで行ったのは好いが、ちょいと足を挫《くじ》いちまって引き返してきたよ……」

などと宿坊の者にこぼしつつ、自分たちも部屋へと戻った。

「よし、いいな。今は人気《ひとけ》がねえ、手早くすましちまおう……」

留松はそう言うと、懐《ふところ》から匕首《あいくち》を取り出して簑一に頷いた。

簑一は懐から麻縄《あさなわ》を巻いたものを取り出して、

「お前が匕首で脅して、おれが女どもを縛《しば》りあげる……」

「そしてお宝を頂いて遠くへ逃げる……」

二人はしっかりと頷き合って、それぞれ匕首と麻縄を懐にしまうと廊下へと出た。

目指す女どもの客室は確かめてある。幸いにして、周りのどの部屋の客も大山へと出かけていて、しんと静まりかえっている。

「よし……」

留松は簑一に目で合図を送ると、さっと頬被《ほおかぶ》りをして目当ての部屋へと突入し、女三人に匕首の刃《やいば》をかざした。

「騒ぐと命はねえぞ……」

留松がどすの利いた声で女三人を睨《にら》みつけた時には、もう簑一が部屋の障子戸《しょうじど》を閉め切っていた。

「殺しやしねえ。おっ母さん、黙って身につけている五十両の金を出しな」

留松はお咲の顔に匕首を突きつけながら、低い声でおきんを脅した。

「五十両……」

お染は騒がなかったが、五十両という言葉に首を傾げた。

「静かにしろい……」

簑一はそれを窘《たしな》めると、突然のことに色を失うおきんに、

「早く出せ。お前が家から五十両を持ち出して旅に出たってことはわかっているんだよう」

と凄《すご》んだ。

「持ち出した？　死んだ亭主から預かった金を、わたしがどうしようが勝手だろう」

おきんは持ち出したと言われたのがよほど癪《しゃく》に障《さわ》ったのであろうか、気丈《きじょう》にも言い返した。

「何でも好いから早く出しやがれ。五つ数える間に出さねえと、このきれいな娘の顔がずたずたになっちまうぜ……」

留松は勝ち誇ったように言った。しかし、五つを数えるまでもなく――。

「えいッ！」

という気合もろともにお咲が繰《く》り出した、一尺ばかりの細身の竹の水筒で小手をしたたかに打たれ、匕首を取り落としたところを、間髪《かんはつ》を容《い》れず立ち上がりざまにお咲が打ち込んだ連続打ちによって横面《よこめん》をはたかれ、たちまちその場に崩れ落ちた。

「な、何だこれは……」

一瞬の早業《はやわざ》に思わずその場に居ついた簑一の太った横腹に、お咲の竹の水筒は早くもめり込んでいた。

「うッ……」

目を回す簑一をお染は呆《あき》れたように見て、

「弱い奴らだねえ……。おととい来やがれ！」

女だてらに裾《すそ》をまくり、見事な蹴《け》りを見舞った——。

「まず無事でよかった。しかし、お咲がいなければ危ないところでしたな……」

秋月栄三郎に労《いたわ》りの声をかけられ、おきんは小さくなった。

「本当に申し訳ありませんでした……」

「おきんさんが何か深い事情を抱えて旅に出られたことは、薄々わかっておりました。この上は、その事情をお話しくださいませんかな……」

田辺屋宗右衛門は終始笑顔を崩さず、おきんに優しく問いかけた。

松田新兵衛も又平も、宗右衛門の言葉に相槌を打ちながら親身になって話を聞こうとしてくれている。

「これこそ大山詣りの功徳にございます……」

おきんは涙ぐんでかすれる声を戻そうとして、しばしの間俯《うつむ》いて気持ちを落ち着けた――。

お咲の見事な活躍によって打ち倒された留松と簑一は、自分たちが用意した麻縄で縛られ、役人に引き渡された。

その際二人が白状したところによると――。

留松と簑一は二人で荷を運ぶ車力《しゃりき》で、博奕《ばくち》好きが祟《たた》り、盆の掛取りにあたって借金に頭を悩ませていた。それが数日前、芝口の酒屋へ荷を入れた後、二人は通りかかった借金取りに気づき、慌《あわ》てて裏路地へ逃げた。

そして商家の裏塀《うらべい》に寄り添い身を潜《ひそ》ませていると、その家から家人が言い争う声が聞こえてきた。

「おっ母さん、そんなものを隠し持っていたなんて水臭いじゃないか」

「これはわたしが死んだあの人から預かったお金なんだ。お前たちには関わりのないものですよ」

「関わりがない？　死んだあの人ってのは誰のことです。わたしのお父《とっ》つぁんじゃないか。この店の先代じゃあないか。今は店のやりくりが大変だというのに、よくも五十両なんてお金をわたしたちに黙って自分だけのものにしていたわねえ」

「店のやりくりが大変なのは、わたしが止めるのも聞かずにお前たちが商売の幅を広げたからだろう。商いというものは、自分の間尺《まじやく》に合わせてまず足下《あしもと》を固めていくものですよ」

「おっ義母《かか》さん、今時そういう考え方は、はやらないのですよ。その五十両、店の仕入れに充《あ》てさせてもらえませんかねえ……」

「それはできないねえ。このお金はあの人に言われて、もう行き先が決まっているんです」

「何ですって……。わたしは何にも聞いていませんよ」

「これは夫婦の間のことですよ」

「だからわたしたちは引っ込んでいろと言うのかい……」

興をそそられて、留松と簑一が板塀の節穴《ふしあな》から覗《のぞ》き見るに、商家の奥の間で、店の主夫婦がその隠居の母親と五十両の金を巡《めぐ》って言い争いをしていた。

結局、しっかり者の母親が、我儘《わがまま》そうな娘とうらなりのような顔をしておろおろする婿養子をはねつけ、五十両を守り切ったようだ。

「ヘッ、ヘッ、商売人が五十両の金でもめているたあ、大したこともねえな……」

「何言ってやがんでえ、おれたちは五両の金すらなくて困っているんだ。羨《うらや》ましい話だぜ……」

留松と簑一はそんなことを言い合ってその場を離れ、翌未明に大山詣りにかこつけて、借金取りから逃れて旅に出た。

すると、芝口を抜けた辺りで昨日の五十両の母親が、人目を忍ぶように笠と風《ふ》呂《ろ》敷《しき》包みを抱えて一人路地から出てくるではないか。

留松と簑一の頭に閃《ひらめ》くものがあった。もしやあの隠居は娘夫婦に愛想《あいそ》を尽かし、五十両を懐《ふところ》にして、自分たちと同じように大山詣りに紛《まぎ》れて家を抜け出たのではないだろうか——。

二人はそっと件の母親の後をつけた。この母親がおきんであることは言うまでもない。

おきんは外へ出ると、稲荷《いなり》社の陰に一旦身を隠し、風呂敷包みを体にしっかりと括《くく》り付けた。

その際、おきんは一度中を検《あらた》めたのだが、切餅《きりもち》二つを手拭《てぬぐ》いに包み、さらに慎重に風呂敷包みの中へしまった。その様子を、おきんは留松、簑一に暗がりの中で覗き見られていた。

二人はその場に押し寄せて五十両を奪い取ってやろうかと思ったが、そこへ大山講中の一行が通りかかったため果たせなかった。

そしてその後も、襲おうとすると邪魔が入り、やがておきんが田辺屋講中と一緒に歩き出したので手の出しようがなかった。

それでも、おきんが女の身で五十両を持っているのは確かなことであり、その行き先は女人禁制の大山である。いつかは女たち三人になる瞬間が訪れるはずだ。

そして、ついに千載一遇《せんざいいちぐう》の好機を迎えたと思ったら、

「まさかあの小娘が、あれほどまでの腕を持っているなんて、まったくついてねえや……」

留松、簔一はがっくりとうなだれたそうな。

「つまるところ、おきんさんは、亡くなったご亭主から託された五十両をこのままでは娘夫婦に取り上げられてしまうかもしれない、そう思うといても立ってもいられずに家を飛び出していた……。そういうことですな」

改めて宗右衛門が問うた。

「はい、左様《さよう》にございます。この五十両は、何としてでも藤沢まで届けねばならないのでございます」

「藤沢へ……。なるほど、わたしどもが帰りは藤沢へ寄って帰ると話していたのを、おきんさんは耳にしたのですね」

「はい、とにかくこのお方たちの後をついていけば、道中心丈夫に藤沢へ着くことができると……。本当に厄介なことを持ち込みまして、申し訳ございません」

　おきんは話す声も落ち着いてきたが、口から出るのは詫《わ》びの言葉ばかりであった。

「もう謝るのはよしにしてください……」

　宗右衛門は少しじれったそうな表情を浮かべた。栄三郎はその意図を解して、

「ここにいる六人は皆、おきんさんが亡くなったご亭主から託されたという五十両の謂《いわ》れを聞きたくて、うずうずとしているのでござるよ」

　まるで与太《よた》話を楽しむかのような弾んだ声で、早く聞かせてくれとばかりにおきんの肩をぽんと叩《たた》いた。

　栄三郎が人に好かれる理由は、この話の聞き上手にある。たちまちおきんの表情がぱっと華《はな》やいだ。

「それが本当に馬鹿馬鹿しい話なのでございますよ……」

おきんは苦笑いを浮かべつつ、よくぞ聞いてくだされたと頷いて、ゆっくりと六人の前で語り始めた。

そしてその翌日——田辺屋講中は藤沢へ向かって旅立った。

四

「馬鹿なことを言うんじゃねえや！」

千次郎《せんじろう》はいきり立った。

「おぬいちゃんが相州《そうしゅう》屋の後添《のちぞ》いなんぞになるはずがねえだろう」

「そう思うなら、手前《てめえ》で訊《き》いてみりゃあいいじゃねえか」

「お前《めえ》にとっちゃあ残念な話だろうが、おぬいはもう気持ちを固めたみてえだぜ」

相州屋の印半天《しるしばんてん》を着た若い衆二人は、そう言いながら千次郎を鼻で笑った。

「嘘だ……。手前ら、からかいやがったらただじゃおかねえぞ！」

「やかましいやい！」

摑みかからんばかりの千次郎を若い衆二人は突き倒した。

ここは東海道藤沢宿、遊行《ゆぎよう》寺門前の一膳飯屋である。

近くで桶屋《おけや》を営《いとな》む千次郎が一人、中食《ちゆうじき》をとっているのを見かけた相州屋の若い衆が、これをからかったのである。

おぬいというのは大久保《おおくぼ》町にある旅籠・笹田屋《ささだや》で女中をしている。歳は二十三、千次郎とは恋仲で、末を誓った仲だった。

「うちの親分に見初《みそ》められたんだから、幸せじゃねえか。お前、きっぱりと諦《あきら》めるんだな」

若い衆は憎々しげに捨て台詞《ぜりふ》を吐いて去っていった。

「嘘だ……、そんなはずはねえ……」

千次郎はふらふらと立ち上がると、外へとび出した。

相州屋元五郎《もとごろう》がおぬいに執心していることは知っていたし、随分と気にはなっていた。

元五郎は笹田屋と同じ旅籠の主であるが、相州屋という表稼業《かぎよう》の裏で、処《ところ》のやくざ者たちに睨みを利かす顔役でもある。

歳は四十。去年女房を亡くし、以前から目を付けていたおぬいを後添いにと望みだした。

しかし、おぬいは悪い冗談だとまったくとり合わなかったし、笹田屋の主夫婦も相州屋には断りを入れていたはずであった。

おぬいが生まれたときにはすでに父親は亡くなっており、母親のおとみがこの笹田屋で女中奉公をしながら育ててくれた。そしておとみ亡き後は、自分もまた笹田屋に奉公してきた。笹田屋夫婦に子はなく、おぬいは娘のようにかわいがられているのである。

——そんなはずはねえ。

おぬいが千次郎と恋仲なのを知って、相州屋の若い奴らが嫌がらせをしているのに違いないと思いながらも、やはりこう言われると気になって仕方がない千次郎であった。

千次郎はたちまち遊行寺坂を下り、境川《さかいがわ》に架《か》かる橋を渡った。そこからは藤沢宿の旅籠が賑わう。

笹田屋の主人・長八《ちようはち》は千次郎の亡父と幼馴染《おさななじ》みであったこともあり、幼い頃から千次郎は笹田屋へは裏の木戸から自由に出入りする間柄である。

「ごめんよ……」

千次郎は笹田屋の裏手へ駆けつけるや、中へと入った。

井戸端に片襷《かただすき》を掛けたおぬいがいて、笹田屋の主夫婦と何やら話をしている。

それはありふれた光景であったが、今日の三人の表情は千次郎を迎えるいつものものとは明らかに違っていた。どうやら込み入ったことのようだ。

「おぬいちゃん……」

千次郎は声を震わせて、ゆっくりとおぬいに歩み寄った。しかし、大きなぱっちりとした目で少し首を傾げて頬笑《ほほえ》みかける――子供の頃から変わらぬ、おぬいのそんな愛らしい顔が千次郎に向けられることはなかった。

「相州屋の奴らから聞いたが、おぬいちゃん、まさかあのやくざ者のところに……」

「はっきり決まったわけじゃないけど、そういうことになると思うわ……」

おぬいは目を伏せたまま応えた。

千次郎は大きな衝撃にたじろいだ。

「そんな馬鹿な……。どうしてあんな野郎のところへ……」

「千次郎さん……。わたしのことは忘れてちょうだい……」

おぬいは絞《しぼ》り出すように言葉を返して、宿の表へと走り去った。

「おぬいちゃん……！」

後を追おうとする千次郎を長八が止めた。

「すまない……。千次郎、これはみなわたしがいけないんだ、許しておくれ……」

「おやじさん……」

「相州屋にまんまとしてやられたんだ……」

長八の話によると――。

去年の秋に吹き荒れた嵐で笹田屋は屋根をいためし、改修を余儀なくされた。そう言っても小さな旅籠のことでまとまった金もなく、心安くしている商売仲間から三十五両の金を借りてこれに充てた。

「ところがその証文が、いつの間にか相州屋の手に渡っていたんだよ……」

おまけに額面は利息を加えて五十両に膨《ふく》らんで、しかも十日以内に払えとのこと。

「何だって……。そんなもの、どうせ相州屋の元五郎が汚《きたね》え手を使って証文を取り上げたのに違いないぜ」

「そうだと思う。だが、うちが金を借りたことは確かだ。公事《くじ》を起こしたところで抜け目のない相州屋には勝てない……」

長八はがっくりとして言った。

期日はあと五日に迫っている。今の笹田屋に五十両の金を工面する力はない。掻《か》き集めようにも、皆相州屋の後難を恐れて用立ててもくれまい。

「それで、いざともなればわたしが後添いとして相州屋さんのお世話になりましょうほどに、笹田屋の身代《しんだい》だけは今まで通りに願いますと、おぬいが……」

「相州屋にそんなことを……！」

「わたしはこんな旅籠、いつでもくれてやっていいと言ったんだ！　どうせ譲る子供とてない身の上だ。おぬいを養女にして跡を継がせてもいいとさえ思っていたんだから……。だが、おぬいは、それでは母子《おやこ》で受けた恩を返すことができないと言って聞かないのだよ……」

長八はその場に座り込んで歯嚙みした。

五十になったばかりの笹田屋の主はここ数日間の心労が祟《たた》ったか、すっかり老け込んで見えた。老妻はただ泣くばかりであった。

「五十両……」

千次郎はこの数日間、仕事の忙しさにかまけてまるで笹田屋を覗くことがなかったことを悔やんだ。

――だが、おれに何ができたってえんだ。

喚《わめ》くばかりでおぬいを困らせるだけであっただろう。

まったくおぬいらしい話である。おぬいの母・おとみは、おぬいを身籠《みご》もった
ばかりで主人と死別し、途方に暮れているところを笹田屋夫婦の世話になり、家
族のように扱ってもらえたお蔭《かげ》で娘のおぬいと共に穏やかで幸せな日々を過ごし
てこられたのであった。

「今度は娘のわたしがご恩返しをしないと……」

これがおぬいの口癖で、自分の身をもって笹田屋を助けることができるなら、
嫌いな男の後添いになることも厭《いと》わぬ覚悟を決めたのであろう。

そして一旦心に決めたことは貫《つらぬ》き通す――それがおぬいという女であった。

「邪魔したな……」

千次郎はふらふらと外へ出た。

「相州屋の野郎……、ぶっ殺してやる……」

思わず口から出た言葉に、

「物騒なことを言いなさんな……」

と諭《さと》す言葉が返ってきた。見ればちょっとくだけた風情の町の男が自分を見て笑っている。

「何でえお前は、相州屋の廻《まわ》し者か……」

「そんなんじゃねえよ……」

男は突っかかる千次郎を宥《なだ》めて、自分はおぬいの母親のおとみに昔世話になったことがある者だと言った。

「千次郎さんを訪ねて一膳飯屋へ行ったらお前さんはこの始末だ」

「な、なんでえ、それで後をつけてきたってえのかい」

「そういうことだ。おれは又平と言って、お前さんの味方だ。悪いようにはしねえから、おぬいさんの身に何が降りかかっているのか聞かせておくれ……」

尻下がりの眼を糸のようにして頬笑みかける――又平の人懐《なつ》こい様子に触れて、やっとのことで呆然自失《ぼうぜんじしつ》たる千次郎の顔に朱がさした。


それから一刻ばかりが過ぎて――。

笹田屋に宿を求める客があった。

一行は七人で、大山詣りの帰りとのことであるが、恰幅のよい商家の主風の主客に加えて剣客風の武士が二人、町の男が一人、女が三人というちょっとおもしろい顔ぶれである。

もちろんこの一行は、秋月栄三郎、松田新兵衛を擁《よう》した田辺屋宗右衛門、お咲、又平、お染の講中に、おきんが加わった面々で、投宿するや、宗右衛門は主夫婦に会いたい旨《むね》を伝えた。

「何の話があるのだろうね……」

長八とその女房・おいわは少し鼻白《はなじろ》んだが、宗右衛門という客は人品卑《じんぴんいや》しからぬ様子で女中たちへの心付けなどの配慮もまことに行き届いていて、笑顔が絶えぬ連れの面々も気持ちの好い者ばかりである。

少しはうつうつとした気分も紛れるかと思い、客間へと出た。

「いやいや、今日はお世話になります。わたしは人の縁の大切さ、おもしろさというものを、ここ何年もの間つくづくと思い知らされることが多うございましてな」

宗右衛門は長八、おいわを前に開口一番そう言って、いかにも楽しそうに笑ってみせた。

心に屈託を抱える長八、おいわは宗右衛門の笑顔に引き込まれたが、縁は縁でも、〝悪縁〟というものに引きずり込まれることもあるのが世の中であると、自《じ》嘲《ちょう》の笑みを浮かべた。

宗右衛門はその辺りの事情も又平から聞いてすでに呑《の》み込んでいる。あとの持っていき方は任しましたぞと、秋月栄三郎に目で告げた。

「ここにおぬいさんというお女中がいるとか」

栄三郎はしっかりとした武家言葉で夫婦に声をかけた。

「はい……」

「ちと、呼んではもらえぬかな」

この一行はおぬいに接客させていなかったので、長八、おいわは怪訝《けげん》な表情を浮かべたが、宗右衛門以上に人を包み込むような笑顔を向けてくるこの男に夫婦はたちまち心の内を解きほぐされて、とりあえずすぐに来るようにとおぬいを呼んだ。

「いきなりのことで驚いたかもしれぬが、某《それがし》は秋月栄三郎と申して、江戸の京橋近くで手習い師匠を務める傍《かたわ》ら、剣術指南などをする者でな。まあ、いずれもいい加減だと、この相弟子の松田新兵衛にはいつも叱られているのだが……」

こんな風に話す栄三郎に、長八、おいわ、おぬいが好感を抱くのに時間はかからなかった。欲得を剝《む》き出しにして迫ってくる相州屋元五郎などと近頃言葉を交わしているだけになおさらである。

田辺屋宗右衛門がどれほどの分限者かを語るより、栄三郎と新兵衛の人となりを示す方が、こんな時は相手に親しみと安心を与えることができるというものだ。

「まあそれで、この度は親しくさせてもらっている面々と連れ立って大山詣りをすることになったのだが、ここへ来たのは、このおきんさんが藤沢の宿に訪ねておきたい人がいるというのを聞いたからなのだ。それならば、大山詣りへ出て帰りに寄ればどうだと話はまとまった……」

栄三郎に紹介をされておきんは姿勢を正した。今日の彼女は大山詣りの功徳というべきか、表情も晴れやかで若々しく見えた。

「その、訪《たず》ねておきたい人というのが、このおぬいのことでございますか……」

長八が訊ねた。

「左様でございます」

おきんがにこやかに答えた。

「はて……」

おぬいが目を丸くした。おきんとはまるで面識がないのである。無理もなかった。

「三月《みつき》前に亡くなった主人から、あなたにこれを届けてくれと頼まれたのです」

おきんはそう言うと、おぬいの目の前に手拭いに包まれた金子《きんす》を取り出して置いた。

「これは……」

「五十両あります」

おぬいはさらに目を丸くした。長八、おいわもわけがわからず成行きを見守っている。

「いきなり見知らぬ者からこのような大金を渡されても面喰らうばかりであろうな。だが、まず落ち着いて、このおきんさんの話を聞くがよい……」

栄三郎が沈黙の間を埋めた。

おぬいは大きな目を見開いておきんに向き直った。

「遠慮なく収めてください。あなたの父親から預かったお金ですから」

おきんは静かに言った。

「わたしの父親……？」

「はい。わたしの死んだ主人の柳吉《りゆうきち》が、おぬいさんの父親なのですよ」

「そんな……」

おぬいは絶句した。長八、おいわも狐《きつね》につままれたような顔をしている。

おぬいは亡母・おとみから、

「お前のお父つぁんは渡り職人で、おっ母さんとは川崎《かわさき》で知り合ってねえ。二人で藤沢に落ち着こうとして旅に出た途端、風邪《かぜ》をこじらせて呆気《あっけ》なく死んでしまったんだよ……」

そう聞かされていた。長八とおいわも、藤沢へ来たものの、お腹に子を抱えて途方に暮れているおとみがつわりに苦しんでいるのを介抱してやったのが縁で笹田屋で働くよう勧めたのであるが、おぬいの父親のことについては同じように聞かされていたのだ。

「本当のところはねえ、半襟屋の倅《せがれ》に生まれた柳吉は、わたしと一緒になる前、川崎へ出商《であきな》いをしに何度か通ううちに、定宿《じようやど》にしていた旅籠で奉公をしていたおとみさんと深い仲になったそうなんですよ……」

柳吉はおとみと末を誓ったが、江戸へ戻るとすでにおきんとの縁談がまとまっていた。

親の言うことには逆らいきれず、柳吉はおとみに詫びて思い切ったが、その後おとみは藤沢の宿へ移って娘一人を抱えて暮らしていると風の便りに聞いた。しかも父親は、娘がまだ腹の中にいる時に死んだという。

それこそ自分の子供だ。おとみはおぬいが父《てて》なし子とそしりを受けぬよう、川崎を出てそんな体裁《ていさい》を繕《つくろ》ったのに違いない。そう察した柳吉は、おきんの手前、そっと人を遣《や》っておとみ母子《おやこ》を見守りつつ、いつか娘の役に立つことがあるやもしれぬと金を貯め始めた。

「それが四月《よつき》くらい前から体の具合が思わしくなくなって、もう長くはないと思ったのでしょうねえ。わたし一人を枕元に呼んで、すべてを打ち明けた上に、なあおきん、この五十両、お前からおぬいという娘に渡してやってはくれないか……。お前に頼めた義理ではないが、ちょっと前に聞いた話では、おぬいはおかしな男に言い寄られているそうな。これでは恋仲の千次郎とかいう職人との間もままならない。この金が何かの役に立つかもしれないんだ。なあ、おきん、頼む……。なんて言って、そのうちにころっと逝《い》ってしまったんですよ」

思いがけぬ話におぬいは動揺した。

「わたしのお父つぁんが生きていた……。そんなこと、信じられません……」

「わたしだって、亭主に子供がいたなんて今でも信じられませんよ」

溜息《ためいき》混じりのおきんの言葉に栄三郎は大きく頷いて、

「そりゃあそうだろうな。笑ってはいけないが、ふざけたことを頼みやがってというところだろうな」

「はい……」

栄三郎とおきんのやりとりは、沈みがちなこの場を少しばかり和《なご》ませた。

「とにかくそなたの父親は娘のことをずうっと気にかけていて、一番頼みづらい己《おの》が女房に頼んでまで、この金子を届けようとしたということだな……」

栄三郎はその上で、おきんが口にしたくはない柳吉の想いをおぬいに伝えた。

「それで、おきんさんはわたしにこれを届けようとわざわざ江戸から藤沢まで……」

おぬいは気分を落ち着けようとしてやっとのことでそう言ったが、おきんは五十両の金子を前に押しやって、

「大山詣りのついでですよ。さあ、この五十両、遠慮なく収めてくださいな」

「いえ、でもこのお金を、わたしが頂くわけにはまいりません」

「どうしてです。そのぱっちりとした大きな目……。おぬいさんが柳吉さんの娘

であることは間違いありませんよ」

「でも、おっ母さんは、わたしを産んだことを一度も苦労だと思ったことがないと言ってくれました。その言葉にはひとつの嘘も強がりもなかった……。ですから、お金など頂かなくてもようございます」

頭を下げるおぬいを見て、おきんは深い溜息をついた。

「あなたは何て好い娘さんなんでしょう……。恥ずかしながら、わたしと柳吉さんとの間に生まれた娘とは大違いです……。やはりあの人は、わたしよりもあなたのおっ母さんと一緒になるべきだったんですねえ。そう思うと何とも情けなくなりますが、あなたにならこの家を抜け出してこのお金を持ってきた甲斐《かい》があったというものです。さあ、収めてください」

「そうだと言って……」

「もらってもらわなければ困ります。死んだ主人と最期《さいご》に交わした約束ですからね。何としてでももらってもらいますよ。それに、このお金があれば、あなたは意に染まないところに嫁がなくてもいいのでしょう……」

おぬいはついに大きく首を縦《たて》に振った。

「ありがとうございます……」

そしてしっかりと手をつくその傍で、長八、おいわもまた涙を拭《ふ》きながら深々と頭を下げたのである。

「お手を上げてくださいまし。わたしは肩の荷がおりて、何とも好い気分なのでございますよ。死んだあの人も、さぞかし喜んでいることでしょう」

初めて出会った時の快活な様子に戻ったおきんを見て、栄三郎たちの表情も晴れやかなものとなった。

しばしおぬいが心地好い涙を流した後――。

「しかし、喜んでばかりもいられませぬぞ。相州屋元五郎という男、お金を返したところで黙って引き下がるとも思えません……」

宗右衛門が〝おもしろくなってきた〟とばかりに大きな体を乗り出して栄三郎を見た。

「はい。これは少しばかり江戸への戻りが遅れるかもしれませんな……」

栄三郎はニヤリと笑った。

相州屋の悪に憤《いきどお》る松田新兵衛は、抜かるでないぞとお咲に目で語りかけた。

お咲はそれが嬉しくて、しっかりと新兵衛を見つめて小さく笑った。

五十両を渡すだけに止《とど》まらず、相州屋相手に何かを始めようとしているこの俄《にわか》な客を前に、おぬいと笹田屋夫婦はぽかんとして涙に濡《ぬ》らした顔を見合わせた。

「心配しなくてもようござんすよ。この旦那方は人の世話を焼くのが道楽みたいなもんでございましてね。ああ、暑くなって参りましたねえ……、ちょいとごめんなさいよ」

そんな三人を尻目に、お染は又平に手伝わせて部屋中の窓を開け放った。

たちまち客間に涼が訪れ、風が一同の頭を冷やして幸せな心地にした。

五

その夜のことであった。

「まったくおもしろくねえ……」

藤沢宿の妙善《みようぜん》寺の脇道を、乾分《こぶん》を従えて闊歩《かつぽ》する相州屋元五郎の姿があった。

今は妙善寺裏手にある行きつけの料理屋からの帰り道である。

己が旅籠にも飯盛女はいるが、元五郎の死んだ女房は悋気《りんき》がひどく、その手前、女を侍《はべ》らせしこたま飲みたい時はこの料理屋へ行くのが常であった。

ないのである。

強面《こわもて》の親分を気取るこの男も女房には弱かったと見え、いまだにその癖が抜け

とはいえ、おぬいを後添いにした後も、女というのは何かとうるさいものであるから相変わらずこの料理屋で遊ぶつもりの元五郎であったのだが、そんな想いも空しいことになった。

せっかくあれこれ脅しをかけて手にした笹田屋の借金証文であったのに、払えるはずはないと高《たか》を括っていた五十両をこの日の昼下がりにきれいに戻されたのである。

さすがの元五郎も宿場の年寄立会いの下では証文を渡さぬわけにはいかず、おぬいをものにすることは御破算となった。

「まさか、五十両の金を用意するとはな……。これでおぬいめ、あのしがない桶屋と一緒になるつもりか……」

何もかもおもしろくなくて、元五郎は飲まずにはいられなかったのだ。

「ふん、だがあの桶屋の思うようにさせてなるもんかい。おうッ！　米《よね》と直《なお》は何してやがんでえ！」

元五郎は乾分たちにあたり散らした。

笹田屋が五十両を返しに来た直後、相州屋の表で乾分の米と直が、桶屋の千次郎に、

「おう、この嘘つき野郎めが、おぬいちゃんがお前んところの親分の許《もと》に後添いで入るだと？　馬鹿もやすみやすみに吐《ぬ》かしやがれ！　金で女の心を買えるとでも思ったのかい」

などとすれ違いざまに言われた。米と直は昼間に遊行寺門前の一膳飯屋で千次郎を嬲《なぶ》った二人である。

「手前、調子に乗りやがって……」

米と直は千次郎を痛めつけてやろうとして追いかけたが、その拍子《ひょうし》に通りすがりのいかにも強そうな大兵《だいひょう》の浪人にぶつかりそうになり、果たせなかった。

二人は癪に障るのでこれを元五郎に伝えた。

元五郎は話を聞いて激怒し、

「あの野郎、二度とおぬいに近寄れねえようにしてやる。構わねえから今夜、まず奴の足腰が立たねえようにしてやれ。それでもまだ諦めねえなら息の根を止めて、魚の餌《えさ》にしてやらあ……」

めらめらと燃え上がる嫉妬《しっと》の念が元五郎をますます凶悪にさせたのである。

その米と直が、いまだに首尾を報せに来ない。

「何を手間取ってやがんだ……」

夜を待って、桶屋の仕事場に殴《なぐ》り込んで、棒きれで散々に打ちのめしてやればいいだけのことではないか。日頃は腕っ節を誇る二人が、これではあまりにも段取りが悪い――。

苛々《いらいら》としているところへ、突然向こうから大八車が走ってきたかと思うと、何かを落として走り去った。

「何だ今のは！」

提灯《ちょうちん》で照らして見ると、落下物というのは縛りあげられた人であった。

「うむ？　お前らは米と直じゃねえか！」

「親分……、面目《めんぼく》ねえ……」

米が唸り声をあげた。

元五郎の指図通り、頬被りに棒きれ片手に千次郎の仕事場に押し入ったところ、

「般若《はんにゃ》が出てきやがって……。あっという間にこの始末で……」

よほど怖かったと見える。直の声は震えている。

「般若だと？　手前ら頭がおかしくなったんじゃねえのか」

「ち、違いますよ……。ほ、ほらあそこに……」

米と直は元五郎たちの背後を見て泣き声をあげた。

振り返ると、提灯の明かりに、白般若と赤般若の面を被った二人の武士が立っていた。共に裁着袴《たつつけばかま》に両刀を帯した姿は勇ましく、それだけに不気味であった。

「な、何でえ手前らは……」

それでも相州屋元五郎にも渡世人の意地がある。直、米が縄目を受けているとはいえ、今引き連れている乾分は五人。その上に念《ねん》流を修めたという凄腕《すごうで》の用心棒を一人従えているのだ。度胸を決めて般若に対峙《たいじ》した。

「何だとは不埒《ふらち》な……。千次郎の家に押し入った賊を捕らえたところ、この二人はお前の乾分だと言う。どういう了見か、まずお前に訊きにきた」

白般若が言った。

「どういう了見だと……？　ふん、気に入らねえからぶちのめしてやろうと思っただけだ。おう、文句があるか。手前らこそこんなことをしやがって、ただですむと思うなよ」

元五郎は啖呵《たんか》を切った。

「人様を襲っておいて居直るとは怪《け》しからぬ奴め……」

白般若の声に怒りがこもった。

「ふん、先生、お願いしますぜ」

元五郎が用心棒に声をかけたのが口火となった。

「おのれらの化けの皮を剝《は》いでやるわ！」

じりじりと前へ出た用心棒が抜き打ちをかけた。この時、用心棒の前に赤般若が出た。

「うむ！」

気合もろとも抜き放った赤般若の一刀は、用心棒が放つ強烈な居合の一刀を見事に上から打ち払った。

「まさか……！」

何たることか——用心棒の大刀はその刹那《せつな》、真っ二つに折れていた。

「えい！」

赤般若が放つ二の太刀《たち》はいつしか峰に返されていて、用心棒の右肩の骨を打ち砕いていた。

もんどりうって倒れる用心棒を見て、元五郎の乾分たちは、長脇差《ながわきざし》、匕首を手に一斉《いっせい》に襲いかかろうとしてたじろいだ。

その一瞬を逃さず、白般若が抜刀するや斬り込んだ。

「うわァッ！」

たちまち二人が峰打ちに胴と足を打たれ、悲鳴をあげてその場に倒れた。

息つく間もなく、赤般若が用心棒には見向きもせず残る三人に襲いかかっていた。

一人、また一人と倒されて、残る一人は恐怖に足が竦《すく》んでしまったところを白般若に首筋を打たれ昏倒《こんとう》した。

あまりの強さに元五郎はすっかりと色を失い、乾分たちを捨てて逃げ出した。

「待たぬか！」

赤般若は乾分どもが落とした匕首を拾うと、それへさして投げつけた。

「た、助けてくれ……」

傍らの杉の木に突き立った匕首は、元五郎の袖《そで》を見事に幹《みき》に縫《ぬ》いつけていた。

「元五郎、お前には死んでもらうぞ」

歩み寄ってきた白般若は冷ややかに言った。

「ど、どうしてです……。あっしも峰打ちでやっておくんなさいまし……」

元五郎はすっかり威勢を失い、消え入るような声で懇願《こんがん》した。

「どうして……。お前がおぬい様に言い寄ったりするからだ」

「おぬい、様……？」

「我らはおぬい様のお父上様にお仕《つか》えする者なのだ」

「何ですって？　お、おぬいの父親は……」

「おぬい様と呼べ！」

「お、おぬい様の、お、お父上様は、お亡くなりになったんじゃねえんでございませんか……」

「ということになっているが、ゆえあって遠くで見守っておられる」

「さ、左様でございますか……。それで五十両の金がいきなり……」

「あっさりと引き下がれば命ばかりは助けてやろうと思ったが、お前はおぬい様と恋仲の千次郎殿を襲おうとした」

「い、いや、それは、せ、千次郎……様が、お、お生意気な、お口をたたかれあそばしたのでその……」

「黙れ！」

赤般若の白刃《はくじん》が闇を斬った――すると、杉の太い枝が音もなく切断されて元五郎の頭上に落ちてきた。

「お、お助けくださいまし。もう二度と笹田屋さんには近づきませんし、頂いた利息の分もお返しいたします。千次郎様にも詫びを入れさせていただきますから……」

元五郎は悲鳴に近い声をあげた。おぬいがこれほどの腕を持つ武士を家来に持つ何者かの娘であったとは――。

「その誓いは必ず守るな」

「へ、へい、必ず……」

「おれたちはずうっとお前を見ているが、この先、おぬい様の身の回りに不審なことが起こった時は、お前の仕業《しわざ》だと思う」

「そ、そんな……」

「その時は地獄の果てまでお前を追い詰め、必ず殺す……。ようく覚えておけ……」

「へ、へい、わかりましてございます……」

「では明朝、あの者どもを連れて役所へ行き、自ら裁きを請《こ》え。我らはまずそれを見ていよう……」

白般若はそう言うと、元五郎の袖に突き立った匕首を抜いてやった。

その刹那、赤般若がくれた手刀が元五郎の首筋にめり込み、元五郎は昏倒した。

六

「ああ、それにしても、皆様方は本当に大したお方でございますねえ……」

ほろ酔いに心もほぐれて、おきんはしみじみとした声で田辺屋講中の面々を称えた。

「はあ……。わたしはもういつ死んだって構いませんよ」

窓の外からは、古《いにしえ》の絵師・巨勢金岡《こせのかなおか》がこの地の勝景を模し描かんとし、及ばずして筆を投じ嘆賞《たんしょう》したという金沢八景《かなざわはっけい》が迫ってくる。

藤沢の宿で、無事おきんの旅の目的であった五十両の金子のおぬいへの贈呈も終わった。

そして、おぬいとその恋仲の千次郎、笹田屋夫婦にまとわりつく悪人どもへの制裁も、又平の聞き込みに続く白般若・秋月栄三郎、赤般若・松田新兵衛の活躍でつがなくこなすことができた。

栄三郎の読み通り、相州屋元五郎はあまりにもやすく千次郎への憤りを爆発させ、乱暴に出た。そして、それこそがこちらの思う壺《つぼ》で、米と直の咎《とが》を言い立てて、元五郎に二度とないくらいの恐怖を与えてやったのである。

恰好《かっこう》をつけてはいても、元五郎はその実、根は気が小さく、大した悪さもできない男なのだと笹田屋長八は言っていた。あれこれ悪事を働いたのもおぬいをそれだけ気に入ってしまったゆえのことで、これくらいの懲《こ》らし方で好いのではないかと栄三郎は判断した。

「まあ、江戸へ戻ればお願いできる筋もございますよ」

田辺屋宗右衛門は勘定奉行を務める松平淡路守《まつだいらあわじのかみ》の屋敷へも出入りしている。藤沢宿の代官に誼《よしみ》を通ずることなどいかほどのことでもないのである。

相州屋の野望を打ち砕いた二日後――。おぬいの幸せと安寧《あんねい》を確かめて、田辺屋講中は藤沢を後にした。この間に、おきんが亡夫・柳吉の思い出話をおぬいに問われるまま語ったのは言うまでもない。

これにて、田辺屋宗右衛門が思い描いた秋月栄三郎を巡る者たちの中にどっぷり浸《つか》っての大山詣りは、最良の形で金沢にて打ち上げを迎えたのである。

あとは金沢八景の美しい景色を愛《め》でつつ、気を遣って席を外したものの気になっていたおきんとおぬいが交わした思い出話などを聞き出しながら、おきんのやるせない想いを慰めてやるばかりだ。

目の前には相模灘《なだ》でとれた魚貝が膳の上に載り切れぬほどに盛られ、栄三郎の軽妙な話に笑いは絶えず、女だてらにお染が義太夫《ぎだゆう》など語り出す。

こんな楽しい宴《うたげ》は初めてだと、初めは涙ぐんでさえいたおきんであったが、重ねた女の年輪は酒が進むうちに味わい深い風情となって表情に表れて、聞き上手な栄三郎に乗せられ少しばかり首を傾け口許を綻ばせ、五十年近く生きた女の心の内を話し始めた。

まさしく栄三郎が聞きたかった世界である。

「おきんさん、今頃は柳吉さん、さぞかしあの世からお前さんに手を合わせているだろうねえ」

栄三郎が誘い水を向ける。

「さあ、どうでしょうかねえ。だいたいが嫌なことや言いにくいことはみなわたしに任せてきた男でしたけれど、死ぬ間際《まぎわ》までぬけぬけとこんなことを頼むなんて……。まったく馬鹿にしていますよ。だいたいどうしてわたしが、あの人が他の女に産ませた子にわざわざ五十両のお金を渡しに行かないといけないんですよ」

「はッ、はッ、その通りだ。娘夫婦とは喧嘩になるし、ふんだりけったりだ……」

栄三郎は巧みに相の手を入れる。

「まったくですよ。わたしの目を盗んでよくも五十両のお金を貯めたものだと、病の床から引きずり出して恨《うら》み言のひとつも言ってやりとうございましたよ」

「よくぞ頼みを聞いてあげましたねえ」

「どうしてでしょうかねえ……。わたしの手を取って、頼む、頼むと涙ながらに願うあの人を見ていると、もう何も言えなくなりましてねえ……」

おきんの手を取る柳吉の手の平は、長年行商に励み、芝口の店を盛りあげた苦労が込められた節《ふし》くれだったものであった。

思えば長い歳月、共に励まし合い、働き詰めに働いて暮らした夫婦ではなかったか――。

「柳吉さんは、おきんさんにこのことを打ち明けて頼むことで、あなたへの一途《いちず》な想いを伝えたかったのですよ……」

宗右衛門が口を開いた。

やはりこういう話になると、所帯を持ち、子を生《な》した四十半《なか》ばの男の言葉には重みがあると、栄三郎は感じ入った。

おきんの表情はたちまち幸せそうなものとなったが、吐き出してしまいたい言葉はいくらでもある。

「馬鹿ですよ……。柳吉さんは……。わたしと一緒になりながら、気持ちは藤沢へ向いていた。そんなこと今さら言わなくても、死ぬまで隠し通せば好いじゃあありませんか。あの五十両、誰かしっかりとして気の利いた人に託せば好いじゃあありませんか。そもそもわたしと一緒にならなくても、親の反対押し切ってでもおとみさんと一緒になればよかったんですよ。本当に馬鹿ですよ……」

しみじみとかこちながらも、優しくて気が弱くて、一緒になってからは持ちつ持たれつやってきた、死んだ亭主の面影《おもかげ》が今ありありと眼の前に浮かんできて、不思議と心地よい涙が溢れてくるのだ。

さすがに栄三郎も宗右衛門も、何と言えばよいかわからずにかける言葉を探していると、

「この世の中は窮屈《きゆうくつ》だ……」

ぽつりとお染が言った。

「ままならないこともそりゃあありますよ、とくに男と女のことはねえ……」

栄三郎は我が意を得たりと膝《ひざ》を打ち、

「さすがは染次姐さんだ。そうだな、合縁奇縁《あいえんきえん》というものだ。ままならぬお前の昔話も聞きてえもんだな」

「馬鹿言うんじゃないよ。わっちのことはうっちゃっておいてくんな」

男のことになるとむきになるお染を、栄三郎は宥めるようににこやかに見た。

その横手から又平が、

「お前は女でいることがままならねえからなあ……」

「うるさいぞ又公、お前はまだいたのか！」

この二人には大山詣りの功徳も何もあったものではない。

男女の話になって、何となく居心地の悪い松田新兵衛とお咲はここぞと笑った。

おきんは今にもこぼれそうな涙の滴《しずく》を拭うと、彼女もまた笑いで心に弾みをつけて、柳吉への恨み言を旅の空へとなげうった。

そうだ、柳吉は自分に惚《ほ》れていたからこそ、ただ一人の妻と思えばこそ、あの五十両を託したのだ。おきんだからこそ信じられたたし、たとえ怒っておきんがおぬいに金を届けずに使ってしまったとて、おきんならばそれもまたよかろう──。

柳吉はそう思って五十両を渡して死んでいったのだ。今さら疑うことはない。早く江戸へ戻って墓前に報せてやらなければなるまい。

その想いを確かにした時、

「あとのことはひとつだけ……。黙ってとび出した家へどうやって帰るかだな」

頃やよしと、栄三郎が少し分別《ふんべつ》くさい声で言った。

おきんははっと我に返った。あれこれと色々なことが身にふりかかった旅であっただけに、

「そのことをうっかり忘れておりました……」

「なに、あったことを、一切合切《いっさいがっさい》正直に伝えてあげればよろしい」

宗右衛門が強い口調で言った。

「お父つぁん、他人事《ひとごと》だと思って……」

お咲は心配そうな顔をしたが、

「すべては柳吉さんがおきんさんと一緒になる前の話ではありませんか。おきん

さん、あなたはしっかり者で足腰の強さも大したものです。まだまだ隠居をして引っ込んでいるような柔《やわ》なお人ではありません。娘夫婦が四の五の言うなら店を追い出して、あなたが半襟屋を仕切ればよろしい」

宗右衛門の言葉におきんは勇気百倍――。

「まったくその通りでございますね。はい、そういたします」

力強く答えた。

「心配いりません。この田辺屋宗右衛門が立会いましょうほどに……。まあ、半襟屋ということであれば、わたしの店との付き合いもまた生まれましょう。これでもわたしとて、少しは人に知られた商人《あきんど》です。うらなり殿も少しは喜んでくれると思いますがな」

おきんは宗右衛門の申し出をありがたく受けたが、またも何やらはっとして、

「あの……、今頃になってこんなことを申し上げるのも何でございますが、田辺屋の旦那様はその、まさか、日本橋呉服町の田辺屋さんとは何か、その関わり合いが……」

恐る恐る訊ねた。

「え……？　ですから、その田辺屋宗右衛門でございますよ」

怪訝な表情で宗右衛門は答えた。

「え……？」

「おいおいおきんさん、何を言っているのだよ。旅の間、ずっとそう言っていたはずだが、お前さん、いったい誰だと思っていたんだい」

栄三郎が呆れ顔で訊いた。

「いいえ、その、同じような名のお方と思っていたのですが、まさかあの大店の田辺屋さんの旦那様が、このようなその、親しみやすくてくだけたお方だとは思いもよらず……」

「どこか他の、田辺屋宗右衛門殿だと思ったのかな……」

しどろもどろになるおきんに栄三郎は吹き出した。

「はッ、はッ、はッ、これはいい！」

宗右衛門は腹を抱えて、大きな体を揺すらせた。

「こ、これはご無礼をいたしました……！」

おきんはほろ酔いも屈託も、ほのぼのとした人生のおかしみを嚙みしめた余韻《よいん》もすべて吹きとんだか、畳に額《ひたい》をこすりつけた。

「いやいや、そのまま、そのまま……。おきんさん、今の言葉のひとつひとつ、この宗右衛門への何よりの誉《ほ》め言葉ですぞ。いや、店の構えが大きくなればなるほど、人は驕《おご》り高ぶりますからな……。はッ、はッ、はッ……」

栄三郎たちもつられて腹を抱えたが、おきんは一人きょとんとして、それからしばらく六人の顔を見廻していた。

第二話

松の双葉《ふたば》

「ああ、お詣《まい》りから帰ったと思ったら、また代わり映《ば》えのしない顔がいるよ……」

お染はちょっと嬉《うれ》しそうな顔をして憎まれ口をたたいた。

日の暮れを待たずに、お染が切り盛りする居酒屋〝そめじ〟に、秋月栄三郎、松田新兵衛、又平がやってきたのである。

一

その日は、田辺屋宗右衛門が仕立てた講中《こうじゆう》が大山詣りから江戸へ戻った翌日のことであった。

十日足らずの旅であったが、芝口西側町の半襟《はんえり》屋の隠居・おきんとの触れ合いがあれこれと事件を呼び、その道中はなかなかに刺激的なものとなった。

男女の縁と夫婦の愛憎の機微が、心の内にえも言われぬほのぼのとした余韻《よいん》を一行に与えてくれた。

田辺屋宗右衛門はおきんに付き添って件《くだん》の半襟屋に立ち寄ったのだが、名だたる分限者《ぶげんしや》が思いもかけず店に現れたので、おきんの娘夫婦はいきなり旅に出たおきんに文句を言うどころか、宗右衛門との交誼《こうぎ》を得たことに舞い上がって大騒ぎとなったのである。

終始楽しい旅であったのはお染も一緒で、江戸へ戻った翌日ともなると祭の後の寂《さび》しさが漂《ただよ》う。

そこへこの三人がやってきたのであるから、天敵・又平の登場のうっとうしさを差し引いても、何やら心が弾《はず》むというものである。

しかも、堅物《かたぶつ》で万事物静かな松田新兵衛が特に嬉しそうな顔をしているところを見ると、また何か新たな慶事でも舞い込んだのであろうか。

「早速、大山詣りのご利益《りやく》があらわれたようだね」

お染はてきぱきと冬瓜《とうがん》の煮物を小鉢によそって出しながら、興味深げに訊《たず》ねた。

「それがな、旅から帰ってみると、家に文《ふみ》が届いていたんだ」

栄三郎はよくぞ聞いてくれたと、満面に笑《え》みを浮かべた。

「へえ、誰からの文だったんだい。気になるじゃないか」

「おれと新兵衛のもう一人の剣友だよ」

「あの、役者をやってる？」

「大二郎《だいじろう》ではない。陣馬七郎《じんましちろう》という男だよ。ほら、初めて岸裏《きしうら》先生をここへお連れした時、決闘の話で盛り上がっただろう」

「ああ、あの先生かい。確か、やくざの囲われ者に惚《ほ》れちまって大変なことになって、今は武者修行に出ているっていう……」

「そうだ、その陣馬七郎がいよいよ修行を終えて江戸へ戻ってくるんだよ。それでまあ、どんな風に迎えてやろうかと思って新兵衛と、な」

「あ奴《やつ》の腕がどれほどのものになったか楽しみだ」

新兵衛はその剛直な顔付きに静かな笑みを湛《たた》えた。

「なるほどそういうわけですか。そんなら又公はおまけだね」

「うるせえ、早く酒を持ってきやがれ」

いつものお染と又平の口喧嘩《くちげんか》も心地《ここち》よく、栄三郎と新兵衛は晴れやかな表情で頬笑《ほほえ》み合った――。

陣馬七郎は、気楽《きらく》流・岸裏伝兵衛《でんべえ》門下にあって、松田新兵衛と〝竜虎〟と謳《うた》われた天才剣士であった。

栄三郎とは歳《とし》も同年で仲が好《よ》く、手習い師匠を務めていた父の許《もと》、学才の方もきっちりと身につけていた。

岸裏伝兵衛がにわかに道場を畳《たた》んで廻国修行《かいこくしゅぎょう》に出てしまってからは、七郎もまた、新兵衛と同じく方々の道場を巡り剣術師範としての道筋を辿《たど》っていった。

江戸にいる時はよく栄三郎の許を訪ねて、己《おの》が剣の道に迷い、剣客《けんかく》の道から外れていった栄三郎を激励してくれたものだ。

その七郎が旅先の上州《じょうしゅう》倉賀野《くらがの》で、やくざ者の囲われ者であったお豊《とよ》という女が襲われているのを助けたことからやくざ同士の争いに巻き込まれ、倉賀野に逗留《とうりゅう》せざるをえなくなり、お豊の不幸な境遇に同情するうちにそれが恋へと発展し、わりない仲となってしまった。

やくざ者の親分は白舟屋勘六《しらぶねやかんろく》という男で、七郎の弱みにつけ込み、己が用心棒となるならばお豊を倉賀野から連れて出てもよいと持ちかけた。

しかしそれは勘六の甘い罠《わな》で、勘六と対立するやくざ一家の用心棒を七郎に斬らせておいた上で、自分を裏切ったお豊もろとも旅に出たところで殺してしまおうと、勘六は二人に追手《おって》を放った。

七郎はお豊を守りそれを何とかはねのけたが、お豊は立派な剣客を目指す七郎を落ちぶれさせた身を恥じて、ある日、七郎の前から忽然《こつぜん》と姿を消した。

七郎はお豊の気持ちをわかりつつも、お豊を忘れることができずその姿を求めた。

七郎に会いたい気持ちを抑え、お豊は江戸の昔馴染《むかしなじ》みの許に身を隠したが、七郎はさらにそれを追いかけたのだ。

そして、江戸に着いた時には、かつての天才剣士の片鱗《へんりん》もうかがわれぬほどに、七郎はすっかりと体を酒毒に冒《おか》された、ただの酔いどれになっていた。

そこへ勘六の追手が迫った。

しかし、七郎たちの危機を知った栄三郎と新兵衛が、弟子を想い久しぶりに江戸に戻った岸裏伝兵衛と共に助け、浅茅ケ原《あさじがはら》の決闘にて追手を討ち果たし、勘六の悪巧《わるだく》みを打ち砕いた。

その後、陣馬七郎はもう一度生まれ変わってみせると、お豊を栄三郎に託し、再び廻国修行の旅に出た。

お豊はというと、岸裏伝兵衛が出稽古《でげいこ》に赴《おもむ》いて以来、栄三郎、新兵衛とも関わりの深い、旗本三千石《ごく》・永井勘解由《ながいかげゆ》の用人を務める深尾又五郎《ふかおまたごろう》の許で下働きの奉公人として預かってもらうことになった。

それから二年近くが過ぎようとしていた。

その間、陣馬七郎は秋月栄三郎へ宛《あ》てて何度も近況を文に認《したた》めて寄こした。

それによると、七郎の武者修行もなかなかの成果を収めていることが文面からうかがうことができたし、酒毒がすっかりと体から抜け、変幻自在を誇った技の切れも以前のごとく戻ったようである。

いつも文面の最後には、お豊のことをよろしく頼む、江戸へ戻り、お豊を妻とするのにそう長くはかかるまい――力強い筆致でそのように認めてあった。

そしてお豊は深尾又五郎に励まされ、慣れぬ武家奉公を懸命に勤め、武者修行の成果をあげて江戸へ戻る七郎の姿を見る日をひたすら待って今日に至る――。

「七郎が帰ってきたら、まずおれの道場で新兵衛と立合うのを見たいものだな」

「それはよいが、おぬしはどうする」

「おれはじっくりと見物させてもらおう」

「そんなことはさせぬぞ。剣友の修行の成果を身をもって確かめてやれ」

「馬鹿を言うな。怪我《けが》でもしたらどうするんだよ」

「呆《あき》れた奴だ……」

怒りながらも今日の新兵衛は終始上機嫌であった。

二年前、飲んだくれて見る影もない陣馬七郎を見て、

「見損《みそこ》なったぞ……！」

と息まいた新兵衛であっただけに、七郎の帰府がよほど嬉しいのであろう。

「して、栄三郎の道場で稽古をした後は何とする」

「奴に椎名《しいな》様の一件を勧めてはどうかと思っているのだ」

栄三郎はニヤリと笑った。

「椎名様の一件……。おお、なるほど、それは好い」

新兵衛は大きく頷《うなず》いた。

椎名様とは、永井勘解由夫人の実家である。

当主は椎名右京《うきょう》――夫人の弟にあたる。千石取りの旗本で代々番方《ばんかた》を務めていた。

番方といっても天下泰平の世である。武芸をそれほど修めておらずとも世渡りのうまさで何とかなるものなのかもしれない。

右京は取り立てて武勇に優《すぐ》れているわけでもなかったが、お上の覚えめでたく、この度《たび》、持筒頭《もちづつがしら》を拝命することになった。

持筒頭は鉄砲隊の長のことで、将軍護衛の他に城内中仕切門の警固をする。役高は千五百石である。

この栄進に右京は大いに喜んだが、こうなると番方の身を飾るものが欲しくなってくる。

すなわち、自家に武芸に優れた家来を一人、新たに召し抱えたいと思い始めたのである。

ついては誰か腕が立つ剣客などはいないものかと、永井勘解由の方へも問い合わせがあった。

右京の妾腹《しょうふく》の次男坊である貴三郎《きさぶろう》は正妻との折り合いが悪く、それが元でどうしようもない暴れ者になった。

それゆえに永井家に預けられたのであるが、その途端に貴三郎は人が変わったように爽《さわ》やかで心優しい若侍となって、今では本人の望みもあり、勘解由の家臣となって永井家に仕《つか》えている。

以前より永井勘解由という人物に敬意を払っていた右京であったが、このことがあって後は、何かというとこの義兄に相談するようになっていたのである。

「貴三郎のことについては、当家の剣術指南を務める秋月栄三郎、松田新兵衛という剣客があれこれ骨を折ってくれてな……」

右京は勘解由からそう聞かされていたので、

「その両名のうちいずれかを、当家で召し抱えとうござりまするが、いかがでござりましょう……」

と持ちかけてみた。

「さて、話は通しておくがどうであろうかのう……」

勘解由は言葉を濁《にご》した。

秋月栄三郎は宮仕えができぬ男であるし、〝取次屋〟の看板は捨てられまい。松田新兵衛はどこまでも己が剣を追い求めていく男で、剣客の他に生きる道はあるまい——勘解由はそう見ていたし、そうあってもらいたいものだと思っていたのである。

そして勘解由の予想通り、二人はこの誘いを即座に断った。

右京は断られたことで、ますますこの二人に興をそそられ、椎名家に仕えた後も、剣客として己が道場を持ち、弟子を取ることも認めるなどの条件を勘解由に伝えてきたらしいのだが、

「新兵衛はともかく、おれなどが剣の強さをもって禄《ろく》を食《は》むなどできるはずがないではないか。ああ、恐ろしい恐ろしい……」

栄三郎は又平にそう漏《も》らしながら首を竦《すく》めるばかりであったし、

「戦国の世に生まれていたならば仕官の道も進んで拓《ひら》いたであろうが、今の世に

あってはおれに仕官など勤まらぬ」

新兵衛は栄三郎にそう言い切って静かに笑うばかりであった。

だが、陣馬七郎ならば――。

彼の父・理太夫《りだゆう》はかつて旗本家で奥用人を務めていて、七郎は十歳になるまで旗本屋敷の侍長屋で過ごしていた。

それゆえに、宮仕えがいかなるものであるかは身に備わっているであろうし、若き頃は栄三郎のいい加減さと新兵衛の剛直さの間に立って、二人の衝突を和《やわ》らげるという〝ほどの好さ〟を発揮して岸裏道場を守《も》り立てた。

「おれは新兵衛より、己《おのれ》を律する意志が弱く、栄三郎より世慣れておらなんだ」

それがために旅先であのような騒ぎを起こし、一度は剣の道を捨てざるをえなかったのだと悔悟《かいご》の涙を流した過去があるゆえに、この先、人生をしくじることもまずあるまい。

それに、何といってもお豊と一緒になるのであれば、日々の方便《たつき》を立てねばならないのである。

栄三郎と新兵衛は、椎名右京からの誘いを剣友・陣馬七郎に振れば、万事がうまく収まると見たのだ。

た。


「栄三郎、こういう話を進めるのはおぬしの仕事だ。頼むぞ」

新兵衛は、お染が運んできた冷酒の入った小ぶりの茶碗《ちゃわん》をちょっと掲げて見せた。

栄三郎も新兵衛に倣《なら》って、

「任せておけ。すでにご用人の方へはそれとのう話はしてある」

「さすがはおぬしだ」

「〝手習い道場〟でおぬしとの稽古を見物した後に、奴を永井様のお屋敷へ連れていって腕のほどを見て頂くことにしよう。椎名様は一目でお気に入られるに決まっている」

「うむ、そうだな……」

「よし、当面の間は、おれの住まいの二階に奴の部屋を用意しよう」

「いや、まさかとは思うが、七郎が江戸に戻ったのを喜ばぬ奴もいるやもしれぬ。おれのところの方がよいのではないか」

「なるほど、うちには手習い子が大勢出入りするゆえにな……」

「だが、二、三日は栄三郎の所に泊めて、朝は茶粥《ちゃがゆ》を炊《た》いてやるがよい」

「そうだな。岸裏道場の朝を思い出してな」

「茶粥ならあっしに任せておくんなさいまし」

やっとのことで栄三郎と新兵衛の会話に加わることができた又平は、嬉しそうに腕まくりをしてみせた。

「岸裏先生はどうされているのであろう……」

「そろそろ江戸に落ち着いてくだされればよいものを……」

栄三郎と新兵衛は、夏の盛りにふらりと旅に出てしまった師・岸裏伝兵衛にしばし思いを馳《は》せた。

一人蚊帳《かや》の外のお染は呆気《あっけ》に取られて、

「男同士でニヤニヤと、ああ、暑苦しいったらありゃしないよ……」

悔し紛《まぎ》れにまた憎まれ口をたたくと溜息《ためいき》をついた。

残暑はまだしばらく続きそうだ。

二

その翌日が、秋月栄三郎の永井邸奥女中たちへの出稽古日であった。

大山詣りから戻って陣馬七郎からの文を一読後、栄三郎はすぐに深尾又五郎への文を認め、又平に持って走らせた。

お豊にはまだこのことを報《しら》せていないとあったので、七郎の帰りを一日千秋《いちじつせんしゅう》の思いで待っているであろうお豊に少しでも早く報せてやりたかったのだ。

七郎からの文によると、江戸到着まであと五、六日はかかるようであるが、もうすぐに七郎に会えると思うと日々の暮らしにも励みが出ようものである。

――まったく七郎の奴め、もったいをつけやがって。

以前、文を寄こしてきた時は、夏になる頃には戻る、その折は江戸の初松魚《はつがつお》を馳走《ちそう》してくれなどと伝えてきたのに、もう秋になっている。

どんな事情があるのかは知らねど、お豊だけではなく、皆が七郎のことを待っているというのに――。

あれこれ剣友のことに思いを馳せ、栄三郎はいつになく心を弾ませながら、本《ほん》所石原《じょいしわら》町の北方にある永井勘解由の屋敷へと向かった。

奥向きに作られた勘解由自慢の奥女中用の武芸場には、この日も白い稽古着に身を包んだお豊の姿があった。

深尾又五郎の奉公人として永井邸に入ったお豊であったが、深尾用人に勧められて、今年の初めから始まったこの武芸場での奥女中対象の武芸稽古に参加して以来、奥向きの老女・萩江《はぎえ》にすっかりと気に入られ、今は萩江の許で勤めている。

萩江は永井家の婿《むこ》養子・房之助《ふさのすけ》の姉で、一時は弟を世に出さんとして苦界《くがい》に身を沈め、金子《きんす》を残し行方をくらましたという過去を持つ。

それだけに、お豊が内包する幸《さち》薄き女の哀愁をひしひしと感じ取ったのであろう。

話を聞けば、かつてお豊は下谷広小路《したやひろこうじ》の水茶屋で客を取っていたところを上州倉賀野のやくざ者に落籍《ひか》されて囲われ者となり、明日に望みのない暮らしを送っていたという。

そして、当武芸場の指南役・秋月栄三郎の相弟子であった剣客に助け出され、今はその陣馬七郎の帰りを待って暮らしていると知れば、ちょうど歳も同じ頃合、何やら放ってはおけなかったのである。

もちろん、奥向きの武芸稽古には欠かさずに出ている萩江は今日も先頭に立って奥女中たちを取り仕切っていて、栄三郎と会うや、少し意味ありげな様子でにこりと頰笑んだ。

陣馬七郎が近々江戸に戻ってくることを、萩江はすでに知っているようだ。

栄三郎とその喜びを分かち合えることが何とも嬉しいような、そんな風情《ふぜい》を醸《かも》している。

あるいは、お豊と彼女を苦界から救い出した陣馬七郎との恋模様を、弟・房之助の懇願《こんがん》を受けた深尾又五郎の手助けをして、見事自分のことを苦界の身から救い出してくれた秋月栄三郎との縁に重ね合わせているのであろうか。

栄三郎は余計なことは考えまいと、萩江の頬笑みに辞儀で返し、その日は小太刀《こだち》の指南に精を出した。

じっくりと慌《あわ》てず、力を入れ過ぎることもなく、二刻足らずの稽古を済ませると、萩江の付き添いの下《もと》、栄三郎はお豊を呼んで声をかけてやった。

「いよいよこの日が来たな。大きな声では言えぬが、帰ってくれれば七郎は椎名様への仕官も叶《かな》おう。とすると、これまでお豊殿が萩江様の許で奥勤めをしたことも大いに役立つはず。ようござったな……」

「ありがとうございます……」

お豊は伏し目がちに応えると、これまでの秋月栄三郎の尽きせぬ厚情に深々と頭を下げた。

その挙措《きょそ》動作のひとつひとつが、すっかりと武家の女のものになっている。

さぞかし萩江が仕込んだのであろうが、萩江自身、武家の娘に生まれつつ、十八の時から約十年にわたって女郎の暮らしを送りながら、よくぞ奥向きの老女の風格をこの二年半ほどの間に身につけたものだと、栄三郎は萩江の苦労を知るだけに胸を熱くした。

その萩江は、栄三郎と共にお豊の幸せを祝福できることが嬉しそうで、何か言おうとして言葉が見つからぬ様子のお豊に温かな視線を送り続けていたが、

「人は嬉しさが大きいと、それが我が事のようには思えずに、どういうわけかうろたえてしまうものです。でも、もはや何の心配もいりませぬぞ」

やがて労《いたわ》るように言うと、すぐにお豊をその場から下がらせた。

お豊はその際、

「何やら取り乱してしまいまして、お恥ずかしゅうございます……」

と、気の利《き》いたことも言えず沈黙してしまったことを栄三郎に詫《わ》びながら武芸場を出た。

栄三郎と二人になると、萩江はしとやかな恥じらいをその表情に浮かべつつ、

「せっかくお声をかけて頂きましたものを、差し出口を挟みまして申し訳ございませぬ……」

お豊を早々に下がらせたことを詫びた。

その様子に、栄三郎はお豊の身に異変が生じていることを察した。

栄三郎はこのところ、月に二度の割合で武芸指南に永井邸を訪れている。その度に、お豊とは二言三言ではあるが言葉を交《か》わしてきたし、そもそもお豊を深尾又五郎に預かってくれるよう岸裏伝兵衛と共に頼んだのは栄三郎であった。

三十になろうかというお豊が、辛《つら》い浮世を渡ってきた芯《しん》の強い女であることは知っている。

人前で喜びや嬉しさに取り乱すようなことは考えられなかった。

「お豊は陣馬七郎の帰りを待っていたものの、いざ帰ってくるとなると、自分のような者が本当に七郎の妻になってよいものであろうか……。そんなことを考え始めたのではありませぬかな……」

栄三郎は萩江に問うた。

「お察しの通りにございます……」

萩江はゆっくりと頷いた。

夏になる頃には帰ってくるつもりであると陣馬七郎からの便りがお豊に届いて以来、お豊は落ち着かなくなったという。

親身になって接してくれる萩江には己が想いを隠さずに、

「わたくしのような者が……」

何度もそう言っては涙ぐんだ。そしてその度に、

「あなた方お二人は、幾多《いくた》の困難を乗り越えてなお、縁が続いたのです。これは結びつくことが天命であるということだと思います。天命に逆らってはなりませぬぞ……」

などと、萩江はお豊を窘《たしな》めてきた。

「とは申しましても、初めのうちは愛《いと》しい殿御と夫婦になることへの恥じらいが言わせているのだと思っていたのでございますが、この二月《ふたつき》ばかりの間に、わたくしのような者が……、という言葉が、わたくしのような水茶屋の女風情が……、というものに変わってきまして、随分《ずいぶん》と思い詰めるようになったのでございます」

「なるほど、ということは、二月ほど前に何かお豊を悩ます出来事があったのやもしれませぬな」

「わたくしもそう思います」

栄三郎はしばしの間思い入れあって――。

「気をつけませぬと、お豊はお屋敷から人知れず出ていこうなどと思っているのではございませぬかな」

「ご心配には及びませぬ。そのような恐れもあるかと存じまして、密《ひそ》かに見張っているよう、おかるに申し渡しております」

「ほう、おかるに……」

それならば心配はいりませぬなと栄三郎は小さく笑った。

おかるは去年の暮れに、永井家の知行所で起きた不祥事を江戸の屋敷に報せんと奮闘した村娘であるが、彼女の江戸入りを助けた又平と駒吉《こまきち》が驚くほどの身の軽さを持ち合わせていて目端が利く。

この時の功を賞されて、今は江戸屋敷の奥向きに奉公に上がっているのだが、今では萩江の好い配下になっているようだ。

「奥向きのことは、某《それがし》にはどうしようもできませぬ。どうかよしなに……」

栄三郎は萩江の行き届いた配慮に感心して、剣友からの預かり者であるお豊への厚情に謝した。

「いいえ、お豊はもう永井家家中の者にござりますれば、当たり前のことをしているのでございます」

萩江は礼には及びませぬと上目遣《うわめ》いに栄三郎を見た。

栄三郎は爽やかな笑顔を浮かべて、

「それにしても、お豊は何を案じているのやら……」

と小首を傾《かし》げた。

お豊の境遇に同情し、懸命に働くことで恩を返そうとするお豊の姿勢を賞する者は萩江だけではない。

深尾又五郎などは、お豊が陣馬七郎と一緒になる際には自分の養女として妻合《めあ》わせようと思ってくれている。

先々、椎名家に仕えることになったとて、今の陣馬七郎は浪人の身である。ことさらに恐縮することもないと思われるのだ。

「何かがある……。二月《ふたつき》ほど前にお豊の身の回りに起こったことがあれば、どんな些細《ささい》なことでも好いので教えてくださりませぬか」

栄三郎は、はいと答える萩江をさらに真っ直《す》ぐに見つめて、

「それから、出過ぎたことかもしれませぬが、申し上げておきます」

「何なりと……」

見つめられてたじろぐ萩江の声は、娘のようにみずみずしく弾んでいた。

「あなたは、我が身をさらけ出すことでお豊を慰《なぐさ》めてやろうなどとは思っておられますまいな」

「それは……」

萩江は言葉に詰まった。

自分の出自に悩むお豊に、萩江は自分もまた、かつては〝おはつ〟という名で妓楼《ぎろう》に出ていたことを密かに明かすことで、その屈託を少しでも取り除いてやろうと思ってはいないか——目の前の栄三郎はそれを案じているのである。そしてそれはまさしく萩江が頭に思い浮かべていることであったのだ。

萩江が以前苦界に身を沈めていたことは、永井家においてもほんの少しの者しか知らない。

取次屋の仕事として深尾又五郎から萩江の探索を頼まれ、これを見事に捜《さが》し出して苦界から救い出した栄三郎も、そのことは仕事を終えたと同時にきれいに忘れてしまったものである。

ゆえに、萩江の過去はその時点で消えてしまっている。

「話せば本当にあったことになってしまいまするぞ」

栄三郎は首を横に振りながら重ねて言った。

武芸場には今、栄三郎と萩江の他に人はいないものの、萩江の過去に触れることは一切《いっさい》口にせず自省を促《うなが》す――その気遣いが萩江には嬉しかった。

「はい……」

と応えたその言葉には、萩江の色々な想いが込められていた。

いつもさり気なく見守っていてくれてなお、互いの立場をわきまえて接する秋月栄三郎への感謝の想い、憧憬《しょうけい》……。

そして、萩江の過去についてはすべて忘れてしまったという態度を崩さぬ栄三郎に、

〝あの日のこともみな忘れてしまわれたのですか〟

と詰《なじ》る想いが込められている。

それは二人だけの秘事である。

随分と前に、偶然にも一人の客と遊女として激しく惹《ひ》かれ合い、一夜を馴染《なじ》んだあの日のこと――。

三十半《なか》ばを過ぎた栄三郎には、ただ一言の返事で、一度は惚れた女の心の内が読めてしまう。

萩江は今、幾多の困難を乗り越えてなお繫《つな》がる縁は、結びつくことが天命であ

ると言った。

それならば自分と萩江の縁も——。

だがそれは、やはり口にできぬことである。

武士と町人の間《はざま》を生きる栄三郎なれど、今ここにいる自分は武士であらねばならぬのだ。

元よりその想いは萩江とて同じことである。

萩江はただ一言言ってほしいのだ。

「あの日のことは忘れていない」

と。

「過ぎ去ったことなど、みな忘れてしまうことができればよろしゅうございまするな……」

栄三郎はお豊のことにかこつけて、萩江の瞳《ひとみ》を見つめながら低い声で言った。

「はい……」

萩江はもう一度頷いた。

ほんのりと朱がさした美しい瓜実顔《うりざねがお》いっぱいに、嬉しい想いが色に出た。

三

永井邸を出た栄三郎はどうも落ち着かなかった。

お豊のことを案じつつ、思いもかけず萩江と互いの想いを確かめ合った甘く切ない一時《ひととき》の余韻が、なおも栄三郎の心と体の中で揺れ動いていたのである。

何やらお豊と七郎のことにかこつけて、萩江と二人になる一瞬を作り出したかのような不謹慎を恥じ入る気持ちが後から後から湧《わ》いてくる。

その同じ想いを、萩江も今頃は抱いていることであろう。

武芸場での別れ際に見せた、萩江の申し訳なさそうな表情がそれを物語っている。

「いかぬいかぬ……。そのようなことで思い悩んでいるわけにはいかぬ。まずお豊の異変を解明せねばならぬ」

栄三郎は自分に言い聞かせるようにして、大川《おおかわ》橋を渡ると浅草山谷《あさくささんや》堀へと歩みを進めた。

三谷《さんや》橋の北の袂《たもと》にある小体《こてい》な料理屋〝しのだ〟を訪ねてみようと思ったのだ。

ここの女将《おかみ》であるおひろは、かつてお豊と同じ水茶屋で苦楽を共にした仲で、木場《きば》の材木商に落籍されてこの料理屋を与えられている。

お豊が狡猾《こうかつ》で無慈悲なやくざ者に落籍されたのとは対照的に、豪儀で心優しい旦那に恵まれたおひろは伸び伸びとしてこの店を切り盛りして、お豊とはいまだに交誼を続けているのである。

武家屋敷に勤める女中たちの宿下がりの折は、お豊はこの店に泊まりに来たこともある。おひろならば何かを知っているのではないか——。

〝しのだ〟と染め抜かれた浅葱《あさぎ》色の暖簾《のれん》を潜《くぐ》ると、まだ日が高い時分のことで、客の姿はまばらであった。

おひろは栄三郎の姿を見るや、

「ああ、これは先生、お久しぶりにございます……」

いつもながらの明るい声で迎えると、そのまま奥の小部屋へと栄三郎を請《しょう》じ入れた。

何かおひろにも栄三郎に話したいことがあるようだ。

おひろは手早く板場から焼き茄子《なす》に醬油《しょうゆ》を落とし、おろし生姜《しょうが》を添えた一品を、冷たい酒と共に栄三郎の前に据えると、まず一杯すすめてから、

「いよいよ陣馬先生が江戸に戻っておいでのようで……」

と、嬉しそうに言った。

「おや、もうその話を知っていたのかい?」

栄三郎は酒も入って、武家屋敷の武芸場といういささか堅苦しい所から抜け出てきた安堵《あんど》もあり、すっかりとくだけた口調になっておひろを見た。

「ああ、これは愛想《あいそ》がございませんでしたねえ……」

おひろはからからと笑って詫びた。

きっと栄三郎はそのことを報せに来てくれたのであろうから、知らぬふりをして驚くべきでしたと――。

「いやいや、かえって話が早いというものだ」

栄三郎はつられて笑った。

おひろはしっかり者であるが、どんな時にでも笑いから話に入るほがらかさが心地好い。

その陽気さが、おひろを水茶屋で客を取っていた頃の境遇から救ってくれたのであろう。

そこはかとなく哀愁を漂わすお豊という女との落籍された後の人生の浮沈は、

こういう何気ないところにあるのかもしれないと、栄三郎はおひろに会う度に思うのである。

陣馬七郎からの文を一読するや否《いな》や、又平にその由《よし》を伝えに走らせた栄三郎であったが、深尾又五郎もまた、この報を受けるやおひろに報せてやるよう家人に命じたようだ。深尾用人のすることはいつも行き届いている。

「それで、今日はお豊ちゃんにお会いになったんですか」

「ああ、冷やかしてやろうと思ったのだが、どうも神妙な様子でな……」

おひろに問われて、先ほどまでのどこか打ち沈んだお豊の様子を栄三郎は伝えた。

「左様でございましたか……」

おひろは彼女に似合わず、眉間《みけん》に皺《しわ》を寄せて溜息をついた。

「女将には何か言ってこなかったかい」

それゆえお豊の様子が気になってここを訪ねたのだと栄三郎は言った。

「そりゃあもちろん、前のことがありますから、自分のような者が先行きのある陣馬先生の妻になってよいものか……、なんて迷いは何度も文に書いては寄こしてきましたが。それもまあ、わたしに言わせると惚気《のろけ》のようなものにしか思えませんでした。でも、ちょっと前にもらった文はどうもいけません……」

「どんなことが書いてあったんだい」

「わたしのようなやくざの囲われ者が、ここまで夢を見てこられただけでも幸せだ……。なんて、どうも思い詰めたようなものでございましてね……」

「ほう、そんな文を寄こしてきたのかい」

「はい、もう二月《ふたつき》くらい前のことでしょうか」

「二月前か……」

お豊が思い詰めた様子になってきた、と萩江がいう時期とそれは見事に重なる。

「そいつは気になるな」

「そうでございましょう。その上に、もうひとつ気にかかることがありましてね……」

おひろは声を潜《ひそ》めた。

栄三郎を認めるやすぐに奥の小部屋に案内したのは、どうやらその話をしたかったゆえのようだ。

「ちょっとばかり気になる客がこの店に来るようになりましてね……」

これも二月くらい前のことであった。

歳の頃二十五、六の町の男が店にやってきて、おひろにそっと、

「無躾《ぶしつけ》なことをお訊ね申します。女将さんは随分前に、下谷広小路の方においでではございませんでしたか……」

と遠慮がちに訊《き》いてきたという。

かつて水茶屋勤めをしていた頃を知る客が偶然店に入ってくることも時にはある。

おひろは相手がそれを悟れば、取りたてて隠すこともしないで、

「その折はお世話になりました……」

と、しとやかに頭を下げる。

「あれから好いご縁に恵まれましてね。今はこの店を出させて頂いております。以後、ご贔屓《ひいき》に願います……」

そう言うとどの客もおひろの今を祝ってくれるし、それ以後は昔のことを口にすることはなくなるのだ。

そもそもこの店は、小体ながらも店の造作《ぞうさく》や調度は凝《こ》っていて、それなりの者でないと入り辛い趣《おもむき》がある。

昔のことを種にただ酒を飲ませてもらおうだとか、小遣い銭《ぜに》をせしめようなどという類《たぐい》の者はついぞ現れたことがなかった。

この時もおひろは、訊ねた男に見覚えはなかったが、

「はい、そういうこともございましたが、その頃にお会いいたしておりましたでしょうか……」

と、堂々と応えたものだ。

すると男は恐縮の体《てい》で、

「ああいえ、余計なことを申しました。どうかお許しください。わたしはおはんさんに世話になったことがありましてね……」

おはんとは、お豊の水茶屋時代の名であった。

男が言うには、まだほんの若造の頃、小間物の行商をしていた父親の手伝いをして自分もまた方々に行商をして歩いていたのだが、若気の至りで根気が続かず、いつしか商売を放り投げて、生意気にも水茶屋に出ていたお豊に憧《あこが》れて通いつめた。

しかし、いかにも懐《ふところ》が頼りなさそうな若造が、人気のあったお豊に相手にされるはずはなかった。

「わたしは客を選ぶほどの女ではないが、お前のような、親の助けも怠《おこた》って遊び呆《ほう》けているような子供を客にするような物好きではないわいのう」

と、ある日ぴしゃりとはねつけられた。

男はその悔しさに、いつか一端《いっぱし》の商売人になってもう一度お豊の前へ出て、

「これでもおれを客にせぬか」

と、言いたくて、それからは商《あきな》いに精を出すようになり、今では方々に得意も出来て一端の小間物商になったという。

思えばそれもおはんのお蔭《かげ》――今は客がどうのということでなく、一目会って礼を言いたいと思ったのだ。

それが、いざ訪ねてみると、すでに水茶屋は代替わりしていて、おはんは落籍されていなくなったと聞いた。

「それで、おひろというお人ならおはんさんの行方を知っているのではないかと人伝《ひとづ》てに聞きまして、こちらを捜してきたのです……」

男は政吉《まさきち》と名乗った。物腰も柔らかで、いかにも小間物屋の風があった。その上に、政吉という名も若い小間物屋の放蕩《ほうとう》息子の話も、おひろはお豊から聞いて知っていた。

思わず、お豊は今生まれ変わって武家奉公に出ていると言いそうになったが、思えばお豊は自分とは違って過去のことはすべて消し去らねばならない身の上であった。

このことはお豊に知らせることなく、この場限りのものにしてしまおう、そう思ったおひろは、

「おはんさんとはもう長いこと会ってはおりませんねえ……」

と言い切ったのだという。

「うむ、それは女将、好い分別《ふんべつ》だったねえ」

話を聞いて栄三郎は、おひろの判断を手放しで称《たた》えた。

「ですがねえ、その政吉っていう若いお人は、下らぬことを訊ねたと気にかけて、それから時々店に来るようになったんですよ」

「それはありがた迷惑というものだな」

「まったくで……」

来るなと言う訳にもいかないし、かといって、お豊が何かの折にここを訪ねてくることがあって、もし鉢合わせしたらあまり好い気分もすまいとおひろは思っているのだ。

「特にこのところ、お豊ちゃんはあの頃のことで気を病《や》んでいるようですからね」

「そうだな。ここはやはり、その政吉って客には一切何も喋《しゃべ》らぬことだな」

栄三郎はおひろに念を押すと、焼き茄子を口に放り込んだ。冷やりとしてとろけるような茄子に生姜が何とも爽やかな味わいを添えて、たちまち栄三郎の顔を綻《ほころ》ばせた。

「うまい……」

その一瞬の陶酔が、栄三郎の頭の内を見事に整理してくれた。

「時に女将、お前さんはその政吉という男の顔を見知っていたのかい」

そして栄三郎に新たな勘を働かせてくれた。

「いえ、お豊ちゃんから話を聞いたことがあったので名は覚えていたのですが、会ったのはその時が初めてでした」

「なるほど、そういうことか……」

「どうかしましたか……」

「いや、それならそいつが、本当の政吉かどうかわからねえと思ってな」

「あ……」

おひろの表情に緊張がはしった。

もしも、お豊の居処《いどころ》を捜している者がいたとすれば——おひろは初めて政吉が店へ来た時、思わずお豊の近況を口にしそうになった自分を思い出した。

おひろは長いこと会っていないと言ったが、いつかお豊はここに現れるとふんでいるのかもしれない。

「そいつが本物かどうかはお豊にしかわからねえ。だが、それを確かめに今お豊をここへ連れてくるわけにはいかねえしな。女将、その政吉って野郎には心を許しちゃあならねえよ」

「はい……」

「それから念のため、お前さんの旦那に頼んで、店に腕っ節の好い若い衆を出入りさせてもらいな。おれはどうもその政吉って野郎のことが引っかかる……」

栄三郎は厳しい剣客の目となって、もう一度、焼き茄子の一切れを口に放り込んだ。

四

「では栄三郎、おぬしはその政吉という男は何者かの手下だと言うのだな」

「わからぬが、どうもそんな気がする」

「何者か、というのは……」

「知れたことだ。白舟屋勘六だよ」

「奴はあの後、悪事が露見して裁かれたのではなかったか」

「ああ。だが死んだわけではない。あのような輩《やから》はしぶとく力を盛り返すものだ」

「そうして、江戸に潜んでいると……。あのたわけ者めが」

この日の栄三郎はよく働く。

浅草でおひろに会った後、彼はその足で日本橋通南三丁目をやや西へ入った所にある松田新兵衛の浪宅を訪ねた。

久しぶりに江戸へ戻ってくる剣友・陣馬七郎に関わることとなれば、じっとしてはいられなかったのである。

陣馬七郎を想う気持ちは松田新兵衛とて強い。秋月栄三郎の素早い動きに胸に沁《し》みる。

その感情が、新兵衛が本来持ち合わせている正義感を激しく燃えあがらせていた。

それが件の会話に顕《あらわ》れている。

「確かに栄三郎の言う通り、あの白舟屋勘六の執念は度を越えていた……」

一緒にさせてやる代わりに、敵対するやくざ一家の凄腕《すごうで》の用心棒を斬ってもらいたい——陣馬七郎にそう持ちかけた上で、事が済むとどこまでも追手をかけて、自分を裏切ったお豊共々殺してしまおうとした勘六であった。

裏切られたといっても、そもそも勘六は、上州倉賀野で廻船《かいせん》業を営《いとな》む身であると言ってお豊を是非《ぜひ》自分の妻にと請い落籍《こ》したものの、実は廻船業を方便にしたやくざ者で、倉賀野には立派な妻がいた。

騙《だま》された想いに加えてこの女房がひどい悋気《りんき》をお豊に向けてきて、散々に苛《いじ》め抜いたのだ。これでは、お豊とて勘六に想いを寄せられるはずがないではないか。

そんな仕打ちは棚に上げ、どこまでも追い詰めるような男である。もし江戸に来て再び力をつけるようなことがあれば、お豊をつけ狙《ねら》わぬとも限らないという栄三郎の見方に、新兵衛も頷かざるをえない。

「勘六はあの時、罪に問われたもののあれこれ巧みに言い逃れて、闕所《けっしょ》の上追放という軽い裁きで切り抜けたという……」

凶悪な浪人たちを江戸へ放ち、七郎を切り刻んだ上でお豊を取り戻す——それを見届けるために江戸へ入った勘六の乾分《こぶん》を捕らえたのは栄三郎と新兵衛であった。

こ奴が勘六の悪事を白状したゆえに、勘六は軽くて島流しは免《まぬが》れぬところだと思ったが、

「敵もさるものだ」

それほどの悪知恵が働く者が、江戸へ潜り込むことなどわけもなかろうと栄三郎は言った。

「そう考えると、お豊の様子が打ち沈み始めた頃と、政吉が〝しのだ〟を初めて訪ねた頃が符合する……。そのことも気になるな」

新兵衛は唸《うな》るような声で応えた。

「七郎は五日もすれば帰ってこよう。それまでにあれこれ面倒を取り除いてやり

たいものだ……」

「いかにも。栄三郎……、おぬしはつくづくと優しい男だな」

「いや、こいつは大したもんだ。新兵衛に誉《ほ》められたよ……。ははは……」

「そうやって茶化すのが玉に瑕《きず》だがな……」

二人は腹の底から笑い合える友の存在を嚙《か》みしめて、それから豆腐汁《とうふじる》で腹を充《み》たした。

これは向かいの豆腐屋〝まる芳《よし》〟から鍋《なべ》ごと届けられたものだ。

以前ここのやくざな長男が、老父と店を継《つ》ぐ次男に力ずくで金をせびりに来るのを、新兵衛がこっぴどく懲《こ》らして以来、新兵衛の家に来客があると見るや届けてくれるのである。

鍋の中には豆腐、油揚げ、里芋《さといも》が少し濃い目の出汁《だし》の中で踊っている。

一口食べるごとに、栄三郎の頭の中は整理されていく。

その夜、剣友二人は遅くまで語り合った――。

翌日となって、秋月栄三郎は手習いの教授を終えるとすぐに本所の永井邸へと向かった。

深尾又五郎からの遣いが来て、伝えたいことがあると言うのだ。

その伝えたいことが、萩江からの言伝てであることはすぐにわかった。

しかも、会って直接話したいということは、なかなかに込み入った話であるに違いない。

——萩江殿も大したものだ。

栄三郎は感心しきりであった。

お豊に変わったことはなかったかという問い合わせに、早くも何かを摑《つか》んだとは——。

永井家の奥向きに暮らして三年も経《た》たぬうちに、奥女中たちを見事に取り仕切っているということの証《あかし》ではないか。

栄三郎は屋敷へ入ると、まず深尾又五郎を訪ねてあらましを聞いた。

案に違《たが》わず、それは萩江から深尾用人に伝えられたことで、

「ちょうど今から二月《ふたつき》ほど前のことでござるが、お豊は出入りの小間物屋を通じて文を受け取っていたとか」

「文を……」

大名家ほどではないにしろ、三千石の旗本屋敷となれば、奥向きは基本的に男

子禁制であるから、町場の出で奥勤めをしている女中たちには文のやりとりひとつとっても不自由を強《し》いられる。

それゆえに、奥向きに出入りする商人《あきんど》に内緒で文の仲介を託すことがままある。

奥女中の中に、そのやりとりを偶然見かけた者がいたのである。

「誰からの文かわかりますか」

栄三郎は、萩江のことであるからそこまでも調べているだろうと思ったのだ。

「いや、それが小間物屋に人を遣《や》って問い質《ただ》したところ、見知らぬ客の女から預かったのだと申したそうな」

相手は女のことであるし、文の届け賃ももらったので、小間物屋は奥向きに行商にあがった時、何の気なしにお豊に文を渡したのだと平身低頭で詫びたという。

お豊と文のやりとりがあるのは陣馬七郎とおひろだけで、これはお豊の後見人である深尾又五郎を通じて行われるものであるから、その文が二人のいずれかからのものでないことは明らかである。

「その女も誰かに頼まれて、お豊に文を渡してもらいたいと出入りの者に取り次いだのでござろう……」

「そして、その文を読んだことで、お豊の様子が俄《にわか》におかしくなったと見られまするな」

深尾又五郎の推測に、栄三郎は相槌《あいづち》を打った。

お豊の異変については深尾も気づいていて、栄三郎が萩江にその調べを頼んだことなどもきっちりと報されているので、自分の養女として陣馬七郎の許へ嫁がせてやろうと思っている深尾用人の表情も険《けわ》しい。

「かくなる上は、お豊にこの事実を突きつけて、その文のことについて問い質すしかござりませぬな……」

深尾は栄三郎の提言に、

「そっとしておいてやろうと存じたが、それがよろしかろう……」

と同意して、稽古に出る萩江の供をする名目で武芸場に呼び出した。

お豊は秋月栄三郎の姿を認めて鼻白《はなじろ》んだが、稽古日ではない折に現れた意味を瞬時に解釈したようで、神妙な面持《おもも》ちで頭を下げた。

栄三郎はたまたま別件でお屋敷を訪ねていたので、稽古を見がてらあれこれ話をしておこうと思ったのだと穏《おだ》やかな表情でお豊に語りかけると、萩江の型稽古の相手をお豊にさせて、これを深尾用人と共に眺め指導する体《てい》を繕《つくろ》った。

お豊のことは、当主・永井勘解由も婿養子の房之助も温かい目で見守ってくれている。

それだけに、その好意に水をさすようなことは何ひとつ起こしたくはなかった。ここにいる自分たちの範囲に留め置き、解決すべきことだと思っての配慮であった。

数々の苦労を重ねてきたお豊にはそれが痛いほどわかった。もはや湧き上がる煩悶《はんもん》は自分の胸の内ひとつに収められぬところまできてしまったことを悟り、従順な態度を示した。

「型の稽古を続けなされい。その上で訊ねることに答えてもらおう」

「はい……」

お豊は言われた通りに木太刀を振りながら、しっかりとした口調で答えた。

「そなたの様子がこのところ尋常《じんじょう》でないことを、周りの者は皆、気にかけている」

「申し訳ござりませぬ」

「いよいよ陣馬七郎が帰ってくることになり、あれこれ不安な想いがもたげてきた……。ただそれだけなら好い」

「はい……」

「だが、そのようには見受けられぬ。二月ほど前、出入りの商人から文を受け取ったな」

「はい……」

「それは誰からのものだ」

「わかりませぬ……」

「送り主の名は書かれておらなんだのかな」

「はい……」

「では、何と認められていた」

お豊はしばしの間口をつぐんで一手を演武したが、

「隠し売女《ばいた》が、武家の形《なり》をして、いい気なものだ。武士の妻にでもなるつもりならば、お笑いぐさ、必ずやお前の夫はこの先呪《のろ》われるであろう……。そう書かれておりました」

やがて振り絞《しぼ》るように言った。

「何だと……」

栄三郎の表情が怒りに歪《ゆが》んだ。

誰が好き好んで苦界に身を沈めようか。

同じように女と生まれて、何不自由なく暮らしていける者もあれば、哀《かな》しい境遇に身を置かざるをえず、謂《いわ》れなき辱《はずかし》めを受けながらも明日への望みを捨てずに生きていく者もいる。

その女の明日を嘲笑《あざわら》い、呪いの言葉を投げかけるとは何たることか――。

「おのれ……」

栄三郎は体を震わせた。

お豊をどこまでも貶《おとし》める者への怒りに加えて、この文の内容を、不覚にも萩江に聞かせてしまったことへの無念がその身を襲ったのだ。

萩江の昔を知る深尾又五郎も同じ想いで顔を伏せた。

栄三郎は萩江に深々と頭を下げた。

萩江はあまりにひどい文を手渡されたお豊の気持ちが誰よりもわかるゆえに、怒りを通り過ぎて哀しさに打ち沈んだが、自分に向かって詫びる栄三郎が自分以上に怒りを顕《あら》わにしていることが嬉しくて、驚くほどに冷静でいられた。

「わたしはこの武芸場の師範としてそなたに言う。武芸というものは、技を身につけるためだけではなく、幾多の試練に打ち勝つ強い心を養うために修めるものだ。そんな下らぬ文ひとつに動じてはならぬ。断じてならぬ！」

栄三郎は気持ちを落ち着かせると、強い口調で言った。

「はい……」

木太刀を振るお豊の目に、みるみる涙が溢《あふ》れた。堪《こら》えに堪え、流すものかと思ったが、命をかけて惚れた男にこれほどまでの友がいたことへの感動と、自分には確かな明日が人々の情けによってひらかれているという嬉しさに、〝今こそ泣け〟と天から声が聞こえたのだ。

「よいか、その文を送りつけた者の正体はどうせ知れている。そ奴はそなたの心をいたぶって、ぐらつかせ、このお屋敷から外へ引きずり出そうと考えているに違いない。それに乗ってはならぬ。哀れなのはそ奴の方なのだ。黙っておとなしくしていればよいものを、畏《おそ》れ多くも三千石のお旗本のお屋敷にちょっかいを出して、おれを心から怒らせた。よいか、恐れるな、哀しむな、気後《きおく》れをするな。怒れ、怒るのだ。怒る心は力になる。薄汚い奴らに負けてなるものか」

「はい！」

今度は力強く答えたお豊の目に、もう涙はなかった。

その代わり、萩江と深尾又五郎の目にきらりと光るものがあった。

二人はお豊の勇ましい返事を前にして、自分が泣いて何とすると、互いに咳払《せきばら》いなどして平静を取り繕った。

その姿がおかしくて、栄三郎の顔にいつもの爽やかな笑顔が戻ったのである。

五

それから五日が経って——。

夕暮れて、手習い子たちの姿もすっかりなくなった京橋水谷《みずたに》町の手習い道場に、ついに陣馬七郎が現れた。

酒毒に冒され頰がこけ、精彩を欠いた顔付きも、元の目鼻立ちの整った涼やかなものに戻っていたし、単衣《ひとえ》の帷子《かたびら》に野袴《のばかま》をはいた姿は小ざっぱりとしていて、秋月栄三郎が頭に描くかつての剣友・陣馬七郎そのものであった。

久しぶりの再会に、七郎は栄三郎とまず頰笑みを交わして、それからしっかりと一礼してこれまでの厚情に対して謝した。

「いよいよだな……」

栄三郎は七郎をまず居間に請じ入れると、江戸に戻ってお豊と一緒になることを匂わせて、少し冷やかすように言ったが、

「それについて、ちと気になることがある。これをきっちりとせねば、お豊とのことも前へは進められぬ」

まず表情を強張《こわば》らせたのは七郎の方であった。

又平が走って、すぐに松田新兵衛もやってきた。

「白舟屋勘六が、どうやら江戸にいて、息を吹き返しているようなのだ……」

栄三郎の不安は的中していた。七郎の気になることというのはまさしくこのことであった。

今年の夏を間近に控えた頃。

七郎はそろそろ廻国修行を終え江戸に戻らんとして、上州勢多《せた》郡大前田《おおまえだ》村に侠客《きょうかく》・田島要吉《たじまようきち》を訪ねた。

要吉は男伊達《だて》を知られた親分で、かつて白舟屋勘六が陣馬七郎を江戸で殺してしまおうと悪巧みをしていることを岸裏伝兵衛に報せ、そのお蔭で七郎は浅茅ケ原の決闘を制することができた。

旅の終わりにあたって、一言、要吉に礼を言っておきたかったのだ。

かつて廻国修行中の上州においてやくざ同士の喧嘩《けんか》を仲裁し、俠気とは何かを説いた岸裏伝兵衛は、いつしか俠客たちの尊敬を集めていた。

その弟子である陣馬七郎が訪ねてくれたのである。

要吉は大いに歓迎すると共に、白舟屋勘六が江戸に紛れ込んでいるやもしれぬという噂《うわさ》を七郎にもたらした。

七郎は聞き捨てならないことだと、要吉にその真偽を確かめてはもらえぬかと頼んだ。

要吉は元より阿漕《あこぎ》な勘六のやり口に以前から憤っていたからこれを快諾し、方々へ人を遣って調べさせた。

七郎はその間、近辺の道場を巡りつつ、剣術好きの要吉の弟・大前田英五郎《えいごろう》に稽古をつけてやったりしながら過ごした。

夏になる頃には戻ると言いながら、時期が少しずれたのはこういう理由があったのである。

「すると、江戸に火縄《ひなわ》の門兵衛《もんべえ》という博奕《ばくち》打ちがいて、この男が勘六の世話をしているようだということがわかったのだ」

勘六は廻船問屋を闕所となり倉賀野の地から立ち去ったが、いざという時のことを見越して方々に金を隠し、この男をその金で操《あやつ》っているらしい。

そこまでわかればよい。江戸へ入れば自分には取次屋栄三と異名をとる友がいる――七郎はいてもたってもいられずに江戸へと戻ってきたのである。

「なるほど、どこまでも悪知恵の働く奴だ」

栄三郎の傍らで新兵衛が唸った。

「勘六の奴め、なかなかに用心深く、名も変え、姿も変えて、いずれかに潜んでいるようなのだ」

火縄の門兵衛なる博奕打ちも居処の定まらぬ男だそうだが、その縄張りは柳《やなぎ》橋《ばし》から八幡宮《はちまんぐう》辺りまでというから、その辺りのどこかに勘六はいるのではないかと七郎は言った。

「奴は恐ろしく執念深い男だ。おそらくお豊が永井様のお屋敷にいることなど、もう調べあげているに違いない」

「うむ、どうやらそのようだな……」

栄三郎は、お豊に誹謗《ひぼう》の文を送り付けた者があったことを七郎に伝えた。

「お豊にそのような文が……。おのれ……。それはまさしく勘六の仕業《しわざ》としか思えぬ」

七郎は、言いようのない怒りに体を震わせた。栄三郎は相槌を打って、

「おれもそう思う。だが白舟屋勘六め、その執念深さゆえに下らぬことをして、己が尻尾《しっぽ》を出したようだぞ」

「何と……」

「早速、七郎に確かめてもらいたいものがあるのだ」

栄三郎は真っ直ぐに七郎を見つめて大きく頷いた。


翌日。

浅草奥山《おくやま》の一隅にある茶店の店先に置かれた腰掛けに、二人の百姓風の男が並んで座っている様子が見受けられた。

近在の百姓が存じ寄りに野菜を届けた帰りに一息入れている――そんな風情を醸している。

菅笠《すげがさ》を目深《まぶか》に被《かぶ》って煙管《きせる》をくゆらす二人は、秋月栄三郎と陣馬七郎が身をやつした姿である。

二人の目は先ほどから、茶店の北側にある一軒の洒落《しゃれ》た仕舞屋《しもたや》に向けられている。

浅草の喧騒《けんそう》を逃れて、通人が気儘《きまま》な暮らしを楽しむのにはいかにも相応《ふさわ》しい住まいに思われる。

そしてここには、道楽で骨董《こっとう》売買の仲介などしながら風雅な日々を暮らしている、まことに羨《うらや》ましい人が住んでいるという。

「いつもこの時分になると、並びの料理屋で中食《ちゅうじき》をとるそうだ」

「結構なご身分だな……」

栄三郎にそっと伝えられ、七郎は呟《つぶや》くように言った。その言葉が終わらぬうちに、仕舞屋の中から噂の羨ましい人が供連れで出てきた。

その男は歳の頃四十過ぎ。風雅に暮らす人というには目付の鋭さに品がなく、物腰にも通人の粋《いき》は見られない。連れの男も商人の形をしているが醸す風情は同様である。

七郎は食い入るように仕舞屋の主《あるじ》を菅笠の下から見ていたが、

「うむ、間違いない。白舟屋勘六だ……」

やがて吐き捨てるように言った。

浅草山谷堀の料理屋〝しのだ〟を訪ねて以来、栄三郎は又平を店に詰めさせた。

政吉という小間物屋の正体を探らせるためであった。

そして三日目のこと。政吉は店に現れた。

又平が店の奥からそっと窺《うかが》うに、なるほど政吉は話し口調も如才《じょさい》なく、物腰も柔らかで、小間物屋だけあって女への当たりが実によい。

だが、栄三郎の訪問を受けて以来、政吉を油断ならない男と見てとったにもかかわらず、女将のおひろの方もいつに変わらぬ愛想の好さで政吉に接し、

「政吉さん、おはんさんから文が来ましたよ……」

と、報せたくてうずうずとしていたように伝えたものだ。

「何ですって……。それで今は、どこで何を……」

興奮して訊き返す政吉に、

「それが、ここだけの話ですがね。さるお武家様のお屋敷で下働きをしていたようで……」

「お武家様のお屋敷に……。ああ、それならわたしなどはもう会うことすら叶いませんねえ」

「そんなこともありませんよ。この月末に、長く帰りを待っていたというお人が帰ってくるので、そろそろ暇請《いとまご》いをしてお屋敷を出るとか……」

「それなら一日会うこともできるってもんですねえ。だが、長く帰りを待ってい
た……。その人は、おはんさんの好い人なんだろうねえ」
「ええ、そうなんですよ。色々とあって、やっと所帯を持つことになりそうで」
「そうですか、それはおめでたいことですが、そんな人がいるならなお、わたし
なんかが昔のお礼など言っちゃあなりませんね……」
　政吉はどこまでも殊勝《しゅしょう》であった。
「いえ、大丈夫ですよ。橋場《はしば》に小さな家を一軒借りて暮らすそうなんですがね、
おはんさんは何日か前からそこへ入って迎える用意をするので、その時は必ずこ
こを訪ねると言ってきましたから……」
「なるほど、その時にこの店にいれば、一言声をかけられるってもんですね」
「ええ、そういうことですよ。ですから四、五日したら一度訪ねてくださいま
し。詳しいことがわかるやもしれませんから……」
　おひろは政吉を喜ばせたくて仕方なかったのだという様子を見せて、終始にこ
やかに話した。
　政吉は今まで女の親切を引き出すことに自信を持って生きてきたのであろう。
おひろの親切を疑わず、大喜びして店を出た。

こういうところ、おひろの方が役者が一枚上であったといえる。

又平はちょっと感心しながら政吉の後をつけた。

そして、政吉が向かった先がこの浅草奥山の一軒の仕舞屋であったのだ。又平はここに暮らす商人風の男こそ白舟屋勘六ではないかと見て、その日はどこまでも政吉の後を追った。

政吉は方々ふらふらとした後、明神《みようじん》下の裏長屋へと落ち着いた。早速、人当たりの好い又平が、近頃では目明かし顔負けの聞き込みの腕を発揮して、近所の物識《ものし》りの老婆《ろうば》から仕入れたところによると――。

この政吉と名乗る男は、以前、お豊がおひろに話したことのある、小間物屋の若造その者であった。ただし、お豊に袖《そで》にされて商いに精を出したというのは真っ赤な嘘で、結局は父親の手伝いもままならぬうちに双親《ふたおや》と死に別れ、その後は〝小間物屋〟と呼ばれる破落戸《ならずもの》の一人となって、時に人当たりの好い小商人《こあきんど》を演じて騙《かた》りなどに手を染めているらしい。

おそらく勘六は、お豊を落籍そうとして誠実な廻船問屋の主を装い水茶屋へ通っていた頃に、この政吉の話をどこからか小耳に挟んでいたのであろう。江戸へ入るやこれを捜し出し、飼い慣らしたとみえる。

「おのれ勘六……」

そして今、陣馬七郎が白舟屋勘六の姿を認めた。

勘六の姿は並びにある瀟洒《しょうしゃ》な料理屋の中へと消えていった。

秋月栄三郎の推測のひとつひとつがここに符合したのである。

「栄三郎、よくぞここまで手を尽くしてくれたな。礼の申しようもない……」

七郎は大きく息を吸い込んで、心を落ち着けながら言った。

「いや、思いの外《ほか》、白舟屋勘六のやり口が見えすいていたということだ」

栄三郎は馬鹿な奴だと呆れるように言った。

「奴は確かに馬鹿だ。だが、お豊を落籍せて倉賀野に連れ帰ったことで何もかもおかしくなったのだ。どうしてもおとなしくしていられなかったのであろう」

二年前、江戸へ放った凄腕の追手を五人ともに斬られては、恨みの矛先《ほこさき》をお豊に向けるしかなかったのだろうと七郎は見ていた。

「外道《げどう》の逆恨みほど性質《たち》の悪いものはないな」

「勘六は、これほどまでにお豊が、おれのおらぬ間に人から大事にされていると は思ってもみなかったのであろう」

「なるほど、奴には人情というものがこの世にあることなど信じられぬのかもしれぬな」

栄三郎はふっと笑って、

「さてどうする。勘六は七郎が江戸に戻っていることは知らぬようだ」

「妻とする女の身に降りかかる火の粉《こ》は払わねばなるまい。奴の栖《すみか》はわかった。かくなる上は……」

「斬るか」

「奴はお豊が屋敷の外へ出るのを見計らって襲うつもりだ。黙ってはおれぬ」

「だが、勘六がしたことは、今のところお豊に嫌がらせの文を送り付けたことだけなのだぞ。それとていくらでも言い逃れができよう」

「だからこそ斬らねばなるまい」

「やめておけ、お前の剣が汚《けが》れる」

「いや、しかし……」

「陣馬七郎の剣の腕を確かめた上で、召し抱えようというお旗本がいる。御家に仕えた後も剣客として生き、己が道場を構えることもお構いなしという好遇だ」

「栄三郎……」

「岸裏道場を出た後、おれも、お前も、新兵衛も、己が剣の道を歩んできた。互いに道を迷ったこともあったが、これからのおぬしの首途《かどで》は美しくあってもらいたい。まず、おれに任せてくれ……」

栄三郎は軽く七郎の肩を叩《たた》いた。

七郎は菅笠をさらに目深にして、

「忝《かたじけな》い……」

涙混じりの声で頷いたが、やがて押し殺すような笑い声をあげた。

「何がおかしい……」

「何がといって、そんな胸に沁む話を、刀も帯びぬ姿で語る奴があるか」

「はッ、はッ、まったくだな……」

考えてみれば、慣れぬ百姓姿で二人、剣の道を語るとは滑稽《こっけい》であった。

陣馬七郎はこういうところ、松田新兵衛と違って洒脱《しゃだつ》でおかしみがある。

栄三郎は、七郎がそういう自分を取り戻したことが何よりも嬉しかった。

六

「へい、今出てきた女がそうでやす。間違いございません……」

本所石原町を北へ入ったところにある弁天社《べんてんしゃ》の前で、がらくたばかりを並べている古道具屋の行商の二人連れの若い方が言った。

少し離れた所に見える旗本屋敷の勝手門から、風呂敷《ふろしき》包みを手にした奥女中に付き添われて女が出てきた。

ふっくらとした顔付きが、どことなく男心をくすぐる武家女はお豊であった。

付き添う女中はおかるである。

晴れて永井家の屋敷を出て、陣馬七郎の許へと行くのであろうか——。

そのお豊の面体《めんてい》を検《あらた》めた古道具屋は、あの〝小間物屋〟政吉である。

二日前のこと。

浅草山谷堀の〝しのだ〟に顔を出すと、政吉は女将のおひろから、いよいよこの日にお豊が店に顔を出してくれるようだと聞かされた。

おひろからは、〝さるお武家様〟としか聞かされていなくても、それが永井勘解由邸のことであることを白舟屋勘六はすでに突きとめている。

おひろからの情報を政吉によって知るや、勘六は火縄の門兵衛に頼んであれこれ腕っ節の好い食い詰め者を集めさせ、そっと朝から屋敷の周囲に配したのである。

そして政吉は、勘六の外《ほか》にお豊の顔を唯一《ゆいいつ》知っているということで、古道具屋の姿となって勝手門近くに座り込み、遂《つい》にその姿を確かめたのだ。

「ちったあおれにもつきが回ってきたぜ……」

昔、自分を子供扱いして袖にしたおはんという女のことはよく覚えていた。その頃は叱りつけられてすごすごと引き下がるしかなかっただけに、自分をやり込めることで女を上げたおはんに比べて、随分と情けない想いをしたものだ。

いつか思い知らせてやると思っていたが、こんな形でそれが叶えられるとは――。

政吉は、勘六に言われて〝しのだ〟に通ううち、店に永井家用人の下男がよく文を届けに来ていることを知ったのだ。

骨董を扱う六兵衛《ろくべえ》という名でしか白舟屋勘六のことを知らない政吉であったが、博奕打ちとしては一端顔が利く火縄の門兵衛が大事にしている相手であることがわかって血が騒いだ。今度のことで目をかけてもらえるならば、自分も一端の渡世人としてやっていけるのではないかと大きな期待を抱いていた。

すでに六兵衛と名乗る勘六からは五両の金を与えられていただけになおさらである。

この先、隙《すき》あらばお豊を引っ攫《さら》い駕籠《かご》に押し込んで運び去るつもりで、駕籠屋に扮《ふん》した破落戸も連れてきている。

それがならずば〝しのだ〟に入ったところを一斉に店に傾《なだ》れ込み、店の中にいる者を片っ端から縛りあげ、奥の間に放り込み、一味の者たちで店を借り切った客に成りすまし、折を見てお豊一人を勘六の許へと連れていく――そういう計画になっていた。

政吉は進んでこの一味に身を投じたのである。

指揮をする火縄の門兵衛は、元を糾《ただ》せば上州無宿の流れ者で、上州にいた頃、勘六の弟分であった男だ。江戸で一端の博奕打ちとなって悪の華《はな》を咲かせたものの、この数年は借金にまみれ、半ば自棄《やけ》になっていたところを勘六に金で雇われたのである。

お豊とおかるは途中、多田薬師《ただやくし》の境内《けいだい》へと足を踏み入れた。

本堂へ参る二人の周りに有象無象《うぞうむぞう》の者どもが密かに迫っていった。

この内の秋葉社《あきばしゃ》は、毎年十一月十六日が祭礼で大いに賑《にぎ》わうのであるが、今日は人もまばらで閑散としている。

二人は本堂の裏手を抜けて番場《ばんば》町から大川橋を目指そうとして、左右から木々が迫る道へと進んだ。

「ちょいと待ちねえ……」

ここで人気《ひとけ》のない道に政吉が姿を現して、二人を呼び止めた。

「何です、あなたは」

おかるが気丈にも政吉を睨《にら》みつけた。

「お前に用はねえんだよ」

政吉は嘲笑うようにお豊の方を見て、

「おれのことを覚えているだろう、おはんさんよう」

調子に乗って勝ち誇ったように言った。

お豊はきっとした鋭い目で政吉を見据え、

「はて、わたしは下らない男のことはすぐに忘れてしまう性質《たち》でございますから」

子供を叱りつけるように言った。

「おれを甘く見るんじゃねえぞ……」

かつてお豊に子供扱いされ叱責《しっせき》された屈辱が政吉に蘇《よみがえ》り、彼の怒りを増幅させた。

そして、何人もの破落戸たちが次々と現れ、お豊とおかるを取り囲んだ――。

「けッ、このままお豊の女《あま》をいいようにさせてなるもんかい……」

白舟屋勘六は忌々《いまいま》しそうに独《ひと》り言《ご》ちた。

江戸へ行った折に見《み》初《そ》めてやって、苦界から請け出してやって、倉賀野で旅籠を一軒持たせてやったにもかかわらず、自分に馴染もうともせずに旅の剣客にうつつを抜かしやがった――。

勘六の頭の中には、堅気《かたぎ》を装《よそお》い、女房にしてやると騙して、強引に水茶屋から連れ出した後ろめたさなどまるでない。

今、彼の頭の中で動いていることは、捕らえたお豊をいかに高く悪辣《あくらつ》な女衒《ぜげん》に叩き売って、今度の一件の収支を合わせるか――ただそれだけのことなのだ。

そしてあとは、怒り狂うであろう陣馬七郎の復讐《ふくしゅう》をいかにかわすかである。

「早《はえ》えとこ江戸を出ねえとな……」

己が手を汚さずお豊を攫う――。

その手筈《てはず》を整えた後、勘六は一人で浅草奥山の栖にいた。間もなくお豊を乗せた駕籠が着くはずである。日の暮れまでに到着しなかったら迷わず逃走するつもりだ。

「親分、お待たせいたしやした……」

裏手の方が何やら騒がしくなってきた。

声の主は政吉のようである。いささか頼りなげな響きであるが、小心者の小悪党のことである、興奮に声が上ずっているのであろう。

勘六は小庭へと出た。

そこには浪人者一人を背後に従えた政吉がいた。浪人は深編笠《ふかあみがさ》を被っていて顔はよく見えないが、なかなかに屈強そうな用心棒を雇《やと》ったようだと勘六は安堵しつつ、こいつらの手間賃は高くつくぞと金勘定をすでに始めていた。

「首尾はどうでえ……」

勘六は政吉に貫禄を見せて声をかけた。

「へい、ご覧の通りで……」

続いて、同じく深編笠を被ったいかにも強そうな浪人二人に両脇を固められたお豊が、晒《さら》しの切れで口を塞《ふさ》がれた恰好《かっこう》で裏木戸から中へと入ってきた。

「ふん、好い様《ざま》だぜ……」

勘六は残忍な笑みを顔中に浮かべて、久しぶりに見るお豊の姿を舐《な》めるように

眺め回すと、

「政吉、お前よくやったな」

　不敵な笑みを浮かべた。

「へ、へい……」

「情けねえ声を出すんじゃねえや。旦那方もご苦労さまでしたねえ。で、門兵衛はどうした」

「へい、後始末があるようで……」

「後始末だと……。こうやって攫ってきたんだ。何があるってえんだ」

　勘六が怪訝《けげん》な表情を浮かべると、お豊の口を覆《おお》っていた布切れがはたと地に落ちて、

「攫ってきた……、お前がわたしに賊を放った……。そういうことだね……」

　お豊は刺すような目で勘六を睨みつけながら、落ち着き払った口調で言った。

　勘六は、この期《ご》に及んでなお冷静なお豊にいささか気圧《けお》されたが、

「ふん、当たり前のことを訊くんじゃねえや。この二年の間、お前を痛めつけてやる……。それだけを思って生きてきたんだよ」

　憎々しげに言い放ち、

「政吉、しっかりと猿轡《さるぐつわ》を嚙まさねえか」

政吉に顎《あご》をしゃくった。しかし、政吉は凍りついたように突っ立ったままだ。

「政吉、何をしてやがんだ！」

「そ、それが、あっしは動かれねえんで……」

政吉は泣き声をあげた。

「何だと……」

その刹那《せつな》、政吉の後ろに立っていた浪人が政吉の首筋を手刀で打った。

政吉はへなへなとその場に倒れたが、同時に裏木戸から町方同心が一人入ってきて、

「南町奉行所同心・前原《まえはら》弥十郎《やじゅうろう》だ。今の言葉は確《しか》と聞き届けたぜ。神妙にお縄を頂戴《ちょうだい》しやがれ！」

と、一喝した。

「な、何だこれは……」

呆気にとられる勘六の前で、三人の浪人が次々と深編笠を脱ぎ捨てた。

政吉を打ち倒したのは秋月栄三郎。お豊の両脇を固めていたはずの浪人は松田新兵衛、そして陣馬七郎であった。

「て、手前《てめえ》は……」

「陣馬七郎だ……。お豊を襲った者どもは我らが皆、叩き伏せてくれたわ！」

「な、何だと……」

おひろが政吉にお豊が店を訪ねてくると告げた時から、秋月栄三郎の計略は始まっていたのだ。

わざとお豊をおかる一人に付き添わせ、多田薬師に立ち寄らせたのもみな勘六の手先どもを引き寄せるためのもので、ここが好機と焦った火縄の門兵衛は、自分と政吉の他に乾分二人に用心棒三名の計七名で襲いかかったものの、待ち構えていた秋月栄三郎、松田新兵衛、陣馬七郎の三剣士にたちまち蹴散《けち》らされた。

女二人を質《しち》に取らんとしても、お豊、おかるはこのところ栄三郎によって実戦に備えた武芸の手ほどきを受けているゆえに、二人はまずへらへらとしゃしゃり出てきた政吉を懐剣で脅《おど》し、柄《つか》の頭《かしら》で打ち倒し、素早くお豊はそこに現れた七郎の背後に回り、おかるは傍《そば》の大樹の上に猿《ましら》のように登ってしまったのだ。

「旦那にお手間はとらせませんよ……」

栄三郎はこの争闘が済んでから前原弥十郎を呼び出して、勘六に言い逃れができぬよう同道を願ったのだ。

「ち、ちょっと待ってくだせえ……。これは何かの間違いだ。きっと門兵衛の奴が、あっしの機嫌をとろうとして先ばしりやがったのに違いありやせん……」

勘六はこの期に及んでもまだ延命をはかって弁明した。

「おう、お前、往生際《おうじょうぎわ》が悪いぜ」

弥十郎が手にした十手《じって》で己が肩を叩きつつ呆れ顔で言った。

「いや、ですからその……」

勘六は間合をはかってこの家から逃げ出す算段を、それでも立てていた。座敷の窓をとび出せば、植込みの陰に秘密の抜け穴が掘ってあったのだ。

「わかりやした……。神妙にいたします……」

殊勝に頭を下げるや、さっと窓へ向かって駆け出した。

「うむッ！」

それへさして、七郎が脇差を抜いて投げつけた。

「うわあッ！」

抜き身は見事に勘六の右股《もも》に突き立った。

勘六は悲鳴をあげてその場にのたうった。

「おのれ！」

七郎は座敷へと駆け上がると、

「よくもお豊をいたぶり蔑《さげす》んだな！　おのれごときが破落戸に、我が妻となるお豊に指一本触れさせてなるものか！」

七郎は勘六を散々に殴《なぐ》りつけた。

「七郎さま……」

迷いに迷い、悩みに悩んだ陣馬七郎との恋の結末——それが今確かなものになる時が来ていた。

お豊は七郎に今でも深く想われている——その温かみだけでかろうじてその場に立っていた。

「七郎、もはやよい。この者どもが生きて再びおぬしたちの前に現れることはなかろう……」

新兵衛は七郎の傍へ寄って頰笑むと、ぐったりとした勘六を肩に乗せ、庭へと降りた。

栄三郎はニヤリと笑って七郎の肩を叩くと、気を失った政吉に活を入れ、外に出るよう促した。これから七郎がお豊に語ることもあろう。まずこの場に二人を残し、自分たちは出ねばならぬ。

「いやいや陣馬先生、お見事でござったな。栄三先生から色々と話は聞いたが、まことに天晴《あっぱ》れでござるぞ。まあ某も先頃妻をめとったのだが、やはり武士というものは……」

そこへ唐突に前原弥十郎の、間が悪過ぎる蘊蓄《うんちく》話が始まった。

「そんな話は後にしやがれ！　しょっ引くのが先だろう」

栄三郎はそれを叱りつけて、新兵衛と共に裏木戸を出た。

「おい、栄三、お前、そんな言い方はねえだろ。八丁堀《はっちょうぼり》の同心を何だと思ってやがるんだ……」

弥十郎は口を尖《とが》らせて、栄三郎と新兵衛の後に続いた。

栄三郎が振り返ってみると、爽やかに笑う七郎とお豊の姿がそこにあった。

「だいたいなあ、おれだって精一杯お前らの役に立とうとしてだな……」

「野暮《やぼ》なことを言いなさんな……」

そっと裏木戸を閉める栄三郎を見て、弥十郎はやっと様子が呑《の》み込めて、口を噤《つぐ》んだ。

途端、木戸の向こうから、お豊のすすり泣く声が聞こえてきた。

陣馬七郎がお豊に何と言ったかなど栄三郎は知りたくもなかったが、七郎はさぞかし己が出自を卑下《ひげ》するお豊にあれこれ泣かせるような台詞《せりふ》を放って黙らせたのであろう。

「新兵衛、七郎の奴は女との縁から逃げなんだぞ。立派なものだな」

栄三郎は剣友の幸せの完遂《かんすい》を、ちょっと皮肉な言葉で祝った。

新兵衛は苦笑いを浮かべて、外に控える弥十郎の手下に勘六を引き渡した。

栄三郎と新兵衛――二人の脳裏《のうり》にはそれぞれある女の顔が浮かんでいたが、今はただ七郎の幸せを祈るのみであった。

どこか不満が残る前原弥十郎は小者《こもの》たちに勘六と政吉を引っ立てさせると、裏木戸にそっと聞き耳を立てた。

だが、それを野暮だと詰るように、一斉に木立《こだち》の蟬《せみ》が鳴き始めた。


それから数日が経って――。

旗本三千石・永井勘解由邸の武芸場にて、気楽流剣術師範・陣馬七郎の立合が披露《ひろう》された。

見所《けんぞ》には当主・勘解由、養嗣子《しし》・房之助が、椎名右京を招く形で列座していた。さらに用人・深尾又五郎、武芸指南・秋月栄三郎、松田新兵衛に加えて、奥女中からは房之助の姉・萩江がお豊、おかるを従え、見所に連なる御簾《みす》の内から観覧することが許された。

七郎が立合う相手は、永井家、椎名家の家中から選《え》りすぐられた五人の剣士――。

永井家の三人の家士の中には、椎名右京の次男・貴三郎の姿もあった。

防具着用の竹刀《しない》稽古で、七郎は五人との立合を、相手に一本も取らせぬままに終えた。

颯爽《さっそう》たる構えから繰《く》り出す恐るべき変幻自在の連続技の冴《さ》えに、武芸場にいる者は一様《いちよう》に感嘆の声を上げたのである。

「当家にはいつから参ってくれるのでござりましょう」

右京に問われて、勘解由は、

「う〜む……。そうよのう……」

かつての剣術指南・岸裏伝兵衛には秋月栄三郎、松田新兵衛の他にもこれほどまでの弟子がいたものかと感嘆しつつ、何となく右京へ仕官させるのが悔しくて、もったいをつけ言葉を濁した。

栄三郎はその様子を誇らしげに窺っていたが、ふっと御簾内の萩江がお豊に言葉をかけているのが透《す》けて見え、気になった。

「それで、あのお人は何と申されたのです」

萩江は外からはっきり顔の色が見えぬのをよいことに、小娘のようにはしゃいでいた。

「お許しくださりませ」

お豊は頰を真っ赤に染めたが、

「許しませぬぞ。さあ、教えてくだされ……」

萩江の声は生き生きとしている。

「この先、この七郎と松の双葉《ふたば》となってもらいたいと……」

お豊は小さな声で答えた。

落葉となっても松の双葉は離れぬものだ。

七郎はお豊とそうありたいと願ったのだ。

「松の双葉……」

「はい。ただそれだけです……」

「そうして、あなたは何と……」

「言葉にならず、ただしっかりと首を縦《たて》に振りました」

「なるほど、そのようなものでしょうねえ。松の双葉……。あやかりたいものです……」

何を話しているかはわからねど、栄三郎の目に御簾の向こうの萩江は体ごと浮き立っているように見えた。

何とまだるい縁であろうか――。

御簾一枚の隔《へだ》たりが、栄三郎には高き山の彼方《かなた》のように遥《はる》か遠くに思われた。

第三話 ほおべた

一

やっと暑さも和《やわ》らぎ、〝手習い道場〟に通う子供たちも読み書きに気が入るようになってきた、そんなある日の昼下がりのこと。

手習いを終えて元気盛んな太吉《たきち》が、

「先生、人ってえのは、歳《とし》をとるとどうしてこう、もの覚えが悪くなるんでしょうねえ……」

と、大人びた物言いで、手習い師匠の秋月栄三郎の傍《そば》へ寄ってきた。

「何だいそりゃあ、お前のお父《とっ》つぁんのことかい」

太吉の父親は手習い道場の裏手にある〝善兵衛長屋〟に住む大工の留吉《とめきち》である。仕事が終わると栄三郎に剣術を習いに来るのだが、これがなかなかのうっかり者で、大工道具を忘れては取りに戻る姿を栄三郎は何度も見ているのだ。

「いや、ばあ様のことなんですよう」

「何だ、祖母《ばあ》様か。どんなものでも古くなりゃあ傷《いた》んでくるもんだ。祖母様のもの覚えが悪いのは仕方がない。お前が代わりに覚えてやりゃあいいんだよ」

栄三郎は、ぽんと人差し指で太吉のぷっくりとした頰《ほお》を軽く叩《たた》いて頰笑《ほほえ》んだ。

「そうしてやりたいところなんですけどね……。ばあ様ときたら、おいらのことまで忘れているんだ……」

太吉の祖母は近くの山下町《やましたまち》に住む留吉の兄の家にいるのだが、数日前にすれ違った時、

「ばあ様、達者にしているかい」

と、太吉が声をかけたところ、

「お前は誰だい……」

と、真顔で訊《き》き返してきたという。

「おいらだよ、太吉だよ」

「太吉……」

「留吉の倅《せがれ》だよ」

「ああ、浜松町《はままつ》のか」

「それは冬吉《ふゆきち》おじさんだろう……」

と、まるで覚えていなかったというのだ。

「まあ、うちのお父つぁんの兄弟は七人で、孫は三十人いるから仕方ないかもし

れませんがね……」

それでも何度も会っているんだから、顔くらい覚えていてくれてもよさそうなものだと、太吉はあどけない顔を生意気にしかめたものだ。

「こいつはいいや……」

横で聞いていた又平が吹き出した。

「太吉の言う通りだ。いくら孫が多いからって、お前には祖母さんは二人しかいねえんだ。顔くれえ覚えていてもらいてえもんだな」

「そうだろう又さん……」

栄三郎はその分別《ふんべつ》くさい顔がまたおかしくて、

「まあ許してやんな。女ってえのはな、覚えねえといけないことがあれこれあって、つい色んなことを忘れてしまうのさ」

今度は肩をぽんと叩いてやった。

「そんなものかなあ。女というにはもうすっかりと皺《しわ》だらけだけど……」

「はッ、はッ、こいつはいいや」

栄三郎も高らかに笑った。

五十人を超える手習い子たちはそれぞれ成長が著《いちじる》しい。

この前まで洟《はな》を垂《た》らしていた太吉も今では一端《いっぱし》の口を利《き》くようになったし、去年からこの手習い所を出て筆職人の見習いを始めた竹造《たけぞう》は、時折栄三郎を訪ねてきては今の暮らしの様子を話していく。今、栄三郎の文机《ふづくえ》の上にある細筆は、昨日竹造が初めて作ったので使ってみてほしいと恥ずかしそうに持ってきたものであった。

手習い師匠を始めて四年にもならないが、つくづくとこの仕事は、長く務めれば務めるほど味わい深いものであると思われる。

窓から入ってくる涼しい風も心地《ここち》好く、子供たちがいなくなると、

「何やら好《い》い気分だ。又平、久しぶりにうなぎでも食うか」

ちょうど昼を食べ損《そこ》なっていたこともあり、栄三郎は又平を誘って外へ出た。

鍛冶《かじ》橋の東詰に〝うな喜《き》〟という店がある。

南町奉行所同心・前原弥十郎の行きつけで、

「まあ、栄三先生なら行ってもいいぜ……」

などと偉そうなことを言われていていささか業腹《ごうはら》なのだが、蒲焼《かばやき》の味も好く、金のない時は弥十郎の付けにしておくこともできるので時折食べに行っているのだ。

「だがよう又平、おれも大坂《おおざか》にいた頃は、まさか江戸で手習い師匠を務めるようになるなんて、思ってもみなかったぜ」

「へ、へ、あっしだってそのお手伝いをするなんて、これっぽっちも思っておりやせんでしたよ」

「そうだろうな」

「子供の頃の旦那《だんな》に、会ってみたかったってもんで」

「とんでもねえ悪戯《いたずら》好きでな。寺子屋のお師匠に、親父《おやじ》とお袋が何度も謝りに行っていたのを思い出す」

「それでも愛敬《あいきよう》があって優しくて、皆に好かれていたんでしょうねえ」

「さあどうだろうな。娘たちからは、まるで相手にされなかったがな」

「ほんとうですかい」

「ああ、ちょっとばかり女から好かれるようになったのは、大人になってからのことさ。こんな好い男をよう。まったく大坂の女どもはどうかしているぜ」

などと、又平相手に他愛《たわい》もない話をしながら京橋の袂《たもと》を西へと通り過ぎた時、栄三郎の耳に昔懐《なつ》かしい上方訛《かみがたなまり》の女の声が聞こえてきた。それも相当柄《がら》の悪い、大坂女が罵《ののし》る声であった。

「あほんだら！　か弱い女にぶつかってきさらして、何やそのうっとうしそうな言い方は」

見れば町の女房風が荒くれ男三人に食ってかかっている。

「お前のどこがか弱いんだよ……」

男の一人が当惑しつつ言い返した。

この男は、〝こんにゃく三兄弟〟の長男・勘太《かんた》である。渋《しぶ》い顔をしてそれに連なるのは次男・乙次《おとじ》、三男・千三《せんぞう》であった。

「どこがか弱い？　よう見んかい。頭のてっぺんから足の爪先《つまさき》まで、どこもかしこもか弱いわい、どあほ！」

激しい物言いであるが、女の醸《かも》す雰囲気にはどことなくおかしみがあって、栄三郎と又平は思わず笑ってしまった。

「はッ、はッ、泣く子も黙るこんにゃく三兄弟もざまあねえな」

「へへへ、まったくで……」

どうやら三兄弟は、いつものように馬鹿話に我を忘れて歩くうちに、大坂女にぶつかったようだ。

「相手が女では手も出せねえし、奴《やつ》らの頭じゃあ言い返すこともできまい。助け舟を出してやるか」

栄三郎は長く耳にしていなかった大坂女の口跡《こうせき》に引かれてこんにゃく三兄弟の傍へと歩み寄った。

「これ、道端でみっともないぞ」

にこやかに声をかける栄三郎の姿に、三兄弟はほっとして顔を見合わせると、

「こりゃあ先生、お見苦しいところをお見せいたしておりやす……」

勘太が恐縮して言った。

「先生……？　知り合いでっかいな……」

今は手習いの直後で、きっちりと袴《はかま》をはいて両刀を帯びた秋月栄三郎を見て、大坂女は少しばかり語気を弱めた。

「ああ。おれはこの近くで手習い師匠を務めながら、剣術指南などもしている秋月栄三郎というものだ。こいつらが何か不始末をしでかしたかな」

「ああ、いえ、それがでんなあ……」

女は元来《がんらい》気の好い町女房であるようだ。穏《おだ》やかに訊《たず》ねられると、たちまち愛嬌が表情に色濃く浮かんで、

「この三人組があほみたいな声出して後ろから歩いてきたと思たら、バァーンッ

とぶつかってきて、こかしよりましたんや。このか弱いわてを……」

「おぬしがか弱いということはよくわかった」

栄三郎は苦笑いを浮かべて、

「それで、ぶつかっておいて、お前らは黙って通り過ぎようとしたのか」

と三兄弟を見廻《みまわ》した。

「とんでもねえ、すまねえときっちり謝ったんでさあ。それなのにこの婆《ば》ァさんが……」

「誰が婆ァさんや。これでもまだ三十半《なか》ばじゃ、どあほ！」

千三の言葉に、再び女は怒り出した。

肌の色が浅黒く、地味な着物に化粧っ気のない顔が女を見た目には老けさせていたが、じっくり見てみると、顔の艶《つや》はさほど褪《あ》せているわけではなく、確かに三十半ばであると思われる。

「だがよう、謝ったのは確かだぜ」

乙次がうんざりとした顔で言った。

「謝るねやったらな、嘘《うそ》でもええよってにもうちょっと申し訳なさそうな顔をせんかい。あ、すまねえ……と言うたんは口先だけで、ぼうっとして歩いてるおのれが悪いんじゃあほ！　と言わんばかりの顔をして謝ったよってに腹が立つんじゃ。わかったか！」

女の口はよく回り、頭の回りの鈍《にぶ》い三兄弟を圧倒した。栄三郎は再び苦笑して、

「そういうことだとよ。心の底からすまなかったとすぐに言やあ、この姉さんも、ああ、ちょっとぶつかったくらい大事おませんがな、気ィ遣《つか》わんといておくなはれ……。こう言ったに違いない。そうだな」

「へ、へえ……」

女は意外や栄三郎が巧《たく》みに上方言葉を遣うので、少し呆気《あっけ》にとられて頷《うなず》いた。

「お前らも男伊達《だて》で通ったこんにゃく三兄弟だ。ここはひとつ、心の底から詫《わ》びを入れろ」

「へい……」

「いいから詫びを入れろ」

栄三郎はこの場を収めようとして、三兄弟に目でものを言った。

三兄弟もこれには頷くしかなく、

「姉さん、うっかりとしてぶつかったことはすまなかった。許してくんな……」

勘太の言葉に、乙次、千三も頭を下げた。

「よし、これでいいだろう。さあ、行った行った……」

栄三郎は後は任せておけとばかりにこんにゃく三兄弟を追い払って、

「あの三人はおれの存じ寄りでな、なかなか好い奴らなんだ。勘弁してやってくれ」

と、女に頰笑みかけた。

万事爽《さわ》やかな栄三郎の仲裁で、女の機嫌はすっかりと直っていた。今は興味深げに栄三郎を見て、

「いえ、先生がそない言いはんねんやったら、もう何も言うことはおまへんけど、今の三人、こんにゃく三兄弟、言いますのんか。ははは、あほやがな……」

からからと笑った。

栄三郎はこの女に興味を惹《ひ》かれて、

「お前さんは上方から来たのかい」

「わかりますか……」

「誰だってわかるよ」

「そういう先生も大坂の出でおますか」

「ああそうだ」

「やっぱりそうや。今、話してはるのを聞いてわかりましたわ。大坂はどこでおます」

「住吉《すみよし》大社のすぐ近くだ」

「へえ～、住吉《すみよっ》さんの……。わては天下茶屋《てんがちゃや》の近くで生まれ育ちましてな、住吉さんの傍にうどん屋を出している叔父《おじ》がおりまして、子供の頃はよう遊びに行ったもんでおますわ」

「ほう……、そうだったのかい」

「どこかですれ違《ちご》てたかもしれまへんな」

「ああ、そうかもしれんな」

「というても、わてはもの覚えが悪うおますよってにあきまへんわ」

「女というものは、覚えんとあかんことが仰山《ぎょうさん》あるよってにな」

栄三郎は大坂口跡で応《こた》えた。

「さすが先生でおますなあ。ほんにその通りや。江戸へ来てまだ日が浅いよってに、あれこれ覚えんならんことが仰山あって困りますわ……。ああ、これは申し遅れました。わてはかねいいましてね。人形町《にんぎょうちょう》で〝なにわ屋〟といううどん屋をやっております」

「ほう、今時江戸にうどん屋とは珍しいな」

「珍しいから当たるやろと亭主が言うよってに出てきましてんけど、まあ、大したことおませんわ。そやけど、大坂から出てきたお人には懐《なつ》かしいようでっさかいに、一遍《いっぺん》寄ったっておくなはれ。そこのお兄さんもご一緒にどうぞ。ほな、えらいお世話になりました。さいならごめんやす……」

おかねは又平にも会釈《えしゃく》を送ると、栄三郎ににっこりと笑いかけるや立ち去っていった――。

「よく喋《しゃべ》る女ですねえ……」

又平は毒気にあてられたかのように、京橋を渡っていくおかねの後ろ姿を見送りながら溜息《ためいき》をついた。

「大坂にはああいう、お染も顔負けの女がごろごろいるんですかい」

「ごろごろもいねえが、時折とてつもないのを目にすることがあったなあ。ふッ、ふッ、おかねか……」

栄三郎は又平の横で、ふっと笑うと空を見上げた。

その仕草が、何かを懐かしむ時に見せる栄三郎の癖であることを又平は知っている。

「これから行ってみますかい。人形町の〝なにわ屋〟ってうどん屋へ……」

「いや、今日はいいや……」

又平に心の内を読まれて、少し恥ずかしそうな表情となった栄三郎は鍛冶橋へ向かって歩き出した。

——思い出す故郷《くに》があるってえのは好いもんだな。

天涯孤独の又平には、栄三郎のそんな様子が羨《うらや》ましかった——。

二

「それから栄三さんは、その〝なにわ屋〟ってうどん屋にちょくちょく食べに行っているってわけかい」

「ああ、そうみてえだな」

「わざわざ人形町まで……」

「何でえお染、お前、気になっているのか」

「そりゃあ気になるだろう。栄三さんはうちの大事なお得意さんなんだからね」

「大事なお得意さん……？　付けは溜《た》めるし、あれこれ頼み事を持ち込んでくるし、ろくでもねえ客だ……なんて、お前、いつも吠《ほ》えてるじゃあねえかよ」

「だからそれは……、ええい、うるさいよ！　又公は訊かれたことにだけ答えていればいいんだよ！」

竹河岸《たけがし》の京橋寄りの一画に小さな甘酒屋がある。

何とここに、あの犬猿の仲である居酒屋〝そめじ〟の女将《おかみ》・お染と、秋月栄三郎の番頭・又平が、まさに呉越同舟《ごえつどうしゆう》――長床几《ながしようぎ》に並んで座り、甘酒片手に話している。

たまたま夕方からの仕込みを前に甘酒を飲んで気合を溜めていたお染が、通りかかった又平に珍しく甘酒を振る舞ったのだ。常日頃は栄三郎が間にいないと、

「おう、又公、相変わらず馬鹿かい」

「あ〜あ、品のねえ女は嫌だねえ……」

などと互いに一言やり合って別れ行くのが常なのであるが、今日のお染はあれこれと又平に訊きたいことがあった。

というのも、京橋からほど近い木挽《こびき》町二丁目のそば屋〝八品《やつしな》〟の主《あるじ》・治平《じへい》が、

「姐《ねえ》さん、今度栄三さんを見かけたら、上方のうどんもいいけど、うちのそばも

忘れねえでいてくれと、言っておいておくれよ」

と、少し前に〝そめじ〟に一杯やりに来た折にこぼしていたからであった。

話を聞くに、先日治平は、浜町《はま》に住む知り合いが病に臥《ふ》せっているというので、見舞いに行った帰りに人形町の通りに出た。

するとそこに、〝饂飩《うどん》〟の看板を掲げている〝なにわ屋〟という店を見つけた。

だいたいの場合、上方は〝饂飩屋〟、江戸は〝蕎麦《そば》屋〟と称するが、いずれもうどん、そば、両方を兼ね売っていた。それでも江戸はそばの人気が高かったゆえにそば屋と掲げるわけで、わざわざ〝饂飩〟の看板を掲げていることに商売柄興味を惹かれた。治平が入ってみようかと店の内をそっと覗《のぞ》くと、なんとそこに栄三郎の姿を見かけたのである。

まだ暑さが残る頃で、しかも昼の時分時《じぶんどき》を過ぎていたことから店の内は客がまばらであった。

栄三郎は土間に数脚置かれた幅広の床几の向こうにある小上がりに腰を下ろし、上方訛の女将と楽しそうに話していた。

その様子から、

「栄三さんは、もう何度もあの店には足を運んでいるようだったよ」

と治平は見た。

「どうりで、栄三さん、このところうちの店には来ねえはずだ……」

治平はそう思いつつ、ここで声をかけると自分がそば屋であることが相手にわかってしまうし、何よりも、女将と親しげに話しているところになかなか入っていけなかったと言うのである。

「なるほど、〝八品〟のおやじさんもそういうことを気にかけていたんだな」

又平は目を細めた。

「当たり前だよ。店の常連が他の店で楽しそうにしていれば、気になるってもんだろう」

「そりゃあそうだな……」

又平は相槌《あいづち》を打った。

「で、あんたは、そのうどん屋には行ったことがあるのかい」

お染は治平に話を聞かされて以来、〝なにわ屋〟のことが気になって仕方がなかったのだろう。又平は、口には出さねどお染は治平から、〝なにわ屋〟の女将はあけすけで気が強く、口は悪いが話し口調にいかにも味のある上方女だと聞かされていて、人となりが自分に似ているだけに落ち着かないのであろうと見た。

こうなると、又平はお染を少しからかいたくなってくる。

「おれが〝なにわ屋〟へ行ったことがあるかって？　お前、誰にものを訊《たず》ねているんだよまったく。おれが秋月栄三郎の行きつけに、行ったことがねえはずはねえだろう」

「まあ、そりゃあ、金魚のフンだからね」

「……甘酒ごちそうさん、またな……」

「待ちなよ」

「おれはフンだからよ。甘酒屋にいちゃあいけねえだろ」

「悪かったよ……。一の乾分《こぶん》だったね。教えておくれよ」

「はじめからそんな風に言やあいいんだよう」

又平はもったいをつけて咳払《せきばら》いをすると、

「まあ、店の大きさはお前の店とさして変わらねえが、栄三の旦那が何よりも気に入っていることが二つある」

「二つ？」

「何といっても、〝なにわ屋〟に行きゃあ、旦那にとっちゃあ昔懐かしい上方仕込みのうどんが食える」

「上方仕込みか……」

播磨《はりま》龍野《たつの》の薄口醤油《うすくちしょうゆ》を使うまでにはいかないが、〝なにわ屋〟では濃口醤油の使い方を工夫して、上方のうどんの出汁《だし》に近い風味と色合いを出すことに成功していた。

江戸で過ごした年月の方が長くなって久しい栄三郎であるが、子供の頃に食べた物への愛着は大きい。

こんにゃく三兄弟との諍《いさか》いを仲裁した二日後が永井勘解由邸への出稽古《でげいこ》日で、栄三郎はその帰りにふらりと寄って以来、この店のうどんが気に入ったようだと又平は言った。

「まあ、そりゃあそうだろうね。江戸でもうどんは食べられるが、上方《ぜえろく》好みにはなかなか作れないって、〝八品〟のおやじさんも言ってたよ」

「おれもしっぽくを食ったが、なかなかこの、出汁に甘みがあって、うどんも柔らかすぎずに腰があってだな……」

「うどんのことはもういいから、二つ目を聞かせておくれな」

「そうだったな。ヘッ、ヘッ、ヘッ……」

又平はニヤリと笑って、

「二つ目は、おかねという女将だな」

「やっぱりそうかい……」

「旦那はな、大坂にいる頃は女にもてたためしがなかったそうだから、上方訛で喋られると弱《よえ》えんだろうな」

「上方訛か……。でも、男勝《まさ》りで気の強い女なんだろ」

お染は女将目当てと言われると、〝そめじ〟の常連である栄三郎のことである、張り合うつもりが頭をもたげてくる。ちょっとばかりきつい言い方になった。

「お前がそんなこと、人に言えた義理かよ」

「そう言われると面目《めんぼく》ないけどね……」

「まあ、お前の気風《きっぷ》の好さも辰巳《たつみ》芸者の名残《なごり》で悪くはねえが、おかねさんってえのは、口は悪いが言葉の中に情《じょう》ってものがあるんだよう。これが大坂の女の深情けかってえくれえにな。へへへ、おかねさんとお前じゃあ、同じようにきつい言葉をかけられても、まったく違うねえ」

「どう違うんだよう」

「おかねさんの言葉にはおかしみってものがあるんだ。怒鳴られても笑っちまうような」

「よくわからないね」

「わからねえだろうなあ、お前には……。かわいそうに……」

「何だって……！」

「ほら、それだよ、お前は怒り方にかわいげがねえんだよ。とにかく旦那は今、〝そめじ〟から〝なにわ屋〟へ心変わりの最中ってところだな。まずそういうことで、ほな、さいなら……」

又平は楽しそうに笑いながら甘酒屋を出た。

「あの馬鹿……。おかしな上方訛で喋りやがって……」

お染は歯嚙《はが》みをして悔しがった。

この辺りではもうすっかりと名物男となった秋月栄三郎が、ただ一人頭の上がらない女――。それが自分であるという自負がお染にはあるのだ。

それが、上方訛ひとつで昨日今日現れた女にその座を奪われるとは――。

悋気《りんき》などではない。上方女とどうなろうが知ったこっちゃないが、そんなうどん屋があることを栄三郎からでなく、人伝《ひとづ》てに知ったことが気に入らないのである。

「ふん、何言ってやがんでえ、栄三の野郎め。もう何も頼まれてやるもんか……」

怒りつつも、この想いを少しでも早く栄三郎にぶつけたくて堪《たま》らなくなっているお染であったが、当の栄三郎は早くもその日の晩に〝そめじ〟へやってきて、

「お染、ちょいとお前に頼みてえことがあるんだがな……」

いきなり頼み事をしてきた。

不思議なもので、

「栄三の野郎め……」

などと思ってみても、この男ににっこりと頰笑まれて頼み事をされると、明日はどんなおもしろいことに出合えるのだろうと、心も体も浮き立ってしまう。

そして、〝取次屋〟として人から頼りにされている秋月栄三郎の手助けができる女は、世の中に自分だけだという矜持《きようじ》が湧《わ》き起こり、幸せな気分になるのだ。

今度店に来たらまず、

「すんまへん、うちにはうどんは置いてまへんねんけど……」

と、大坂口跡で言ってやろうと思っていたのだが、いきなりこんな風にこられると調子が狂って、

「何だい藪《やぶ》から棒に……」

しかめっ面《つら》をしながらも口許《くちもと》が緩《ゆる》んでしまうお染であった。

――いや、でも今日は、いつものようにはいかないからね。

お染は負けるものかと気を引き締《し》めた。何事も勝つか負けるかでしか物事を考えられないのがお染のおもしろさである。

「頼み事なら大坂の姐さんに持っていったらいいんじゃないのかい」

まずそう言ってやった。

「大坂の姉さん……。大坂に姉貴はいねえよ」

栄三郎はきょとんとして訊き返した。

「だから、人形町にいる大坂の姐さんだよ」

「人形町……。ああ、そうか。〝なにわ屋〟ってうどん屋のこと、お前、誰かに聞いたのかい」

「まあね……」

お染は〝八品〟の治平から聞かされて、又平に甘酒を振る舞って訊ねたところ、やれ情がないだとかおもしろ味がないだとか言われて頭にきているのだと、詰《なじ》るように言った。

「ああ、そういうことか。〝八品〟のおやじさんに見られていたとは不覚だったな」

「まあ、楽しそうにしていたってえから、何よりでござんしたね」

「そう怒るなよ。一度お前を誘おうと思っていたところなんだ」

「いえいえ、わっちなんぞが一緒では、懐かしい話のお邪魔になっちまいますからねえ」

栄三郎はお染が〝なにわ屋〟の女将と張り合っているのだと気が付いて、

「そうか、お前、又平にかつがれたな」

「かつがれた……」

「一緒に行きゃあわかるよ。おかねって女将は夫婦でうどん屋をやっているんだよ」

「えっ⁉　亭主持ちなのかい？」

「うどん屋なんて、たいがいそんなもんだろう。色気で行くような店じゃねえさ。色は黒いし、まるで化粧っ気はねえし、口は悪いときている。おれより二つ三つ歳下だっていうけどよ、ぱっと見たところ、おれのお袋と言ったっておかしかねえよ」

「そうなのかい……」

そういえば、〝八品〟の治平はおかねのことを楽しそうな女だと言っていたが、好い女だとは言わなかった。勝手な想像を働かせたところを又平にからかわれたことにお染はやっと気付いて、

「又公の野郎、なめたまねをしやあがって……！　ちょいと、あいつは今、どこにいるんだい。出刃で切り刻んでやる！」

大きく吠えた。

この恥ずかしさをごまかすには吠えるしかなかったのである。

「奴は駒吉と一杯やりに行ってるよ。まあ、落ち着け」

「言っておくけどね栄三さん、わっちはただ、うどん屋のことを聞いていなかったから気分を悪くしただけで、その女将と張り合うとか、そんな気持ちはまったくないんだからね」

「わかっているよ」

「本当にわかってるのかい」

「ああ。だから今こうやって、その話をしに来たんじゃねえか」

「わかっていりゃあいいんだよ。で、わっちに頼みとはなんだい……」

一転してお染はにっこりと笑った。

ちょうどよかった。

今のお染の激昂《げっこう》で、店の客は一斉《いっせい》に代を置いて帰っていた――。

三

栄三郎がお染に持ちかけてきた頼み事とは、ほかならぬおかねから依頼された〝取次〟に関することであった。

こんにゃく三兄弟と揉《も》めているところを仲裁してから、栄三郎が大坂の言葉とうどんが懐かしくて〝なにわ屋〟へふらりと立ち寄ったのは、又平がお染に伝えた通りであった。

おかねは江戸へ出てからまだ日が浅いだけに、近頃の大坂の様子をよく知っている。

おまけに、おかねは天下茶屋で生まれ育ち、栄三郎の実家のある住吉大社鳥居前辺りには叔父が営《いとな》むうどん屋があり、よく遊びがてらに手伝いに行ったというから、栄三郎の父・正兵衛《しょうべえ》が営む野鍛冶《のかじ》のことまではさすがに知らなかったが、栄三郎にとってはまことに興味深い。

そんなおかねの身の上を聞くに、十六の時に、叔父が若い頃に修業したという天王寺《てんのうじ》にあるうどん屋の次男坊と一緒になったそうな。

次男坊は国太郎《くにたろう》といって、この時齢《よわい》二十二であったが、なかなかにうまいうどんを作るので、新たに我孫子《あびこ》観音《かんのん》の門前にうどん屋を出してもらった。

翌年には娘も生まれた。うどん屋はおかねの頑張りもあって、処《ところ》では評判を呼ぶまでになった。

しかし、一人娘もおかねと同じ歳に嫁に行き、国太郎はその寂しさもあってか、江戸でうどん屋を出そうではないかとおかねに持ちかけた。

まだまだ一華《ひとはな》咲かせられる齢である。大坂の片田舎《かたいなか》に引っ込んでおらずに、いっそ江戸へ出よう。江戸には大坂の商人《あきんど》の出店がいくつもある。大坂から江戸に出てきた者にとって、大坂のうどんは懐かしいに違いない。当たるかもしれないではないか、というのである。

元よりおかねは勝気で、これと思ったら突っ走る強さがあった。亭主の決断を喜んで受けてやろうではないかと、二年前の冬に勇躍江戸へ出てきたのだという。

〝なにわ屋〟を訪ね、うどんに舌鼓《したつづみ》を打つ栄三郎に、たちまち親しみを抱いたおかねが話した身の上話はざっとこのようなものであったが、おかねの話しぶりはまことに軽妙で、大いに栄三郎を楽しませてくれた。

「とはいっても、大坂のことをよく知らぬ者には、あまりおもしろい話でもないと思ってな……」

栄三郎は気遣いの男である。自分がおもしろいと思う店でも、連れがどう思うかわからぬと思えばまず誘うことはない。

楽しくもない店に連れていかれ、

「どうだ、おもしろい店だろ」

などと押しつけがましく言う奴は殴《なぐ》ってもいいとさえ、日頃思っているからである。

といって、気を遣って連れていかないと、それはそれで、

「こんな好い店を知っているのに、どうして誘ってくださらないんですよう」

と言ってくる者も出てくる。世の中というものは難しい。

「だから又平も、まだ一度しか連れていってねえんだ」

「なんだ、又公の奴、えらそうに吐《ぬ》かしやがって、一度しか行ってないんじゃないか……」

話すうちにお染の表情に余裕の笑みが浮かんできた。

「だが、ひと通りおかねの話も聞いたから、そろそろうどんの味を楽しみに、皆を誘おうと思っていたところなんだが……」

「皆を？」

「皆を誘う前にまずお染を誘おうと思っていたんだが、そのうちにちょっとした取次を頼まれちまってな」

「手習い師匠と剣術指南は世を忍ぶ仮の姿。その実、おれは取次屋栄三だ……。なんて言ったのかい」

「そんなこと言うわけねえだろ」

先日、おかねが木挽町二丁目の唐辛子《とうがらし》屋の評判を聞きつけて買いに出かけたところ、秋月栄三郎の名が出て、栄三郎のもうひとつの顔を知ったのである。

この唐辛子屋は、栄三郎に時折剣の手ほどきを受けている大工の安五郎《やすごろう》の女房・おちかが営んでいるのだが、その前を辿《たど》るともともとお種《たね》という婆ァさんの店で、その二階に松田新兵衛が寄宿していたこともある、まさしく栄三郎の身内といえる唐辛子屋であるのだ。

たちまち取次屋栄三の実情が知れた。

江戸へ来て、気丈に店を切り盛りしてきたおかねであっても、いざという時に頼りになる者はいない。同郷の出の、なんとも味わいのある秋月栄三郎に縋《すが》りたくなるのも無理はない。

今日の朝早く、栄三郎を訪ねてきたのだ。

ちょうど手習いも休みの日のこととて、栄三郎は居間へ通して話を聞いたのであるが、おかねの頼み事とは亭主の国太郎のことであった。

「それがな、どうもその国太郎っていう亭主は、女に騙《だま》されているらしいんだ」

国太郎は意気込みよく江戸へ行こうとおかねに言ったものの、狙《ねら》いが的中し、上方者がうどん恋しさにこぞって店に来るようになると、

「まだまだ一華咲かせられる」

という想いを違う方向にもっていったようで、このところ店が暇《ひま》な時分ともなると、

「ちょっとあちこちそば屋を食べ歩いて、江戸っ子の好みというものを学んでくる……」

などと、見えすいたことを言っては出かけるようになり、夜は夜で、

「方々で顔を売って、〝なにわ屋〟の名を覚えてもらわんとなあ」

などと、三日にあげず出ていくのだという。

仕込みの方は怠《おこた》るわけでもないので、店はしっかり者のおかねが小女《こおんな》一人に手伝わせて、少々忙しくとも回していける。

それだけに、国太郎の気持ちは緩みっ放しなのである。

そういえば、栄三郎も空《す》いている時分に店に行くので国太郎の姿は一度だけしか見たことがなかったが、ふっくらとした顔立ちにぽっちゃりとした体つき――どこもかしこも丸い四十男で、調子の好いことがぽんぽんと口からとび出すものの、その愛敬の好さで許せてしまう。

大坂にいる頃、よく見かけた類《たぐい》の男のような気がした。

そんな国太郎であるから、いい気になって女に走り、騙されるというのも頷ける。

みっともない内輪《うちわ》の話を人にするのも憚《はばか》られたが、何度か店に来て話すうちに、おかねは秋月栄三郎を頼れる男だと見た上に、取次屋の異名を取る世話好きだと聞いて、ここぞと亭主のことについて頼み込んだ。

「秋月の旦《だん》さん、言うておきまっけどな、わては亭主の浮気を許さんような底の浅い女とは違いまんねん。人というものは、毎日うどんばっかり食うてたら、たまにはそばも食いたなるやろ。ましてや女房のわてが、こんな身も飾らんような女となればなおさらでおます。そやけどね、みすみす性悪女《しょうわる》に銭《ぜに》をいのりあげられるのを見てはおられまへんがな。その銭の半分は、身も飾らんと化粧もせんと、湯釜の前で汗にまみれて働いたわてのもんでおますよってにな……」

おかねはそう言って憤《いきどお》ったものだ。

「亭主は女に入れあげた上に、銭を騙し取られているのかい」

栄三郎が問うと、

「そうに違いおまへん。だいたいが人に騙されるのが道楽みたいな人でおますよってに気になって、一遍そおっと後をつけてみたら、それ者《しゃ》と見える女と深川でそば食うてましたんや」

「江戸の味を探し求めてたんと違うのか」

思わず上方訛が出た栄三郎に、

「あれこれ味を求めてましたんやろなあ」

おかねはさらりと応《こた》える。

大坂者同士の会話は深刻さが漂《ただよ》わず、どこかおかしい。

「その時に、うちのあほは何や紙で包んだもんをそおっと渡しておりましたわ」

「なるほど、金だな」

「それでその場は別れよりましてんけどね。わては女のことが気になって、そこからまたつけていったりましたんや」

するとは女は、数町行った辺りでまたそば屋へ入って違う男と会って、また小さな紙包みをそっと受け取ったという。

「二軒目は、せめて汁粉《しるこ》屋にしたらええのにな」

「そばがよっぽど好きなんでっしゃろな……」

女はその小商人《こあきんど》風の男からも金を集《たか》っているのに違いなかった。

「お前《ま》はんほどの女やったら、その女を捉《とら》えて脅したったらええのや」

「へえ。わてもそないしたろと思いまして、そこからまた、女の後をつけていきましてんけどな。そしたら何と三軒目に……」

「また、そば屋か……」

「いえ、ここで汁粉屋に入りましてん」

「やっぱり甘いもんが欲しなったんやな……」

「それどころやおませんのや。その中には強そうで涼しげな顔をしたお侍がおりましてな。今度は女の方がそのお侍に紙包みを……」

女が侍を見る目は、今までの二人へ向けられたものとは明らかに違った。女のおかねには、この男が女の間夫《まぶ》であることがすぐにわかった。

「なるほど、そういうことか……」

女は国太郎から巻きあげた金を、その間夫に貢《みつ》いでいるというわけだ。何よりも気味が悪いのは、女に屈強の侍がついているということである。これではいくら男勝りのおかねといえども滅多と女に近づけないし、この先、国太郎が危ない目に遭《あ》わぬとも限らない。

かといって、おかねにも意地がある。

亭主の後をつけ、さらに女の後をつけたことなど国太郎に知られたくない。国太郎に危害が及ぶことなく、彼がこのふざけた女と手を切り、己《おの》が馬鹿さ加減を思い知る。願わくは、女と侍にも意趣返しをしたいものだとおかねは思ったのである。

話を聞いてお染は、

「なるほどねえ。馬鹿な亭主に向かっ腹を立てながらも、亭主の身に災いが降りかかるのを気遣う……。女心だねえ」

思い入れたっぷりに頷いて見せたが、

「まあ、おかね本人が言うには、あのあほがえらい目に遭うのは勝手やけど、腕の一本落とされて、うどんの仕込みができんようになったら、こっちも飯《めし》の食いあげや。もうこの歳になって、こんなおばはんになって、もろてくれる男もおりまへんよってになあ……。てことだけどな」

と栄三郎が言うのに、確かにそういう見方もあると感心した。

「もちろん、おかねって女の強がりもあるだろうが、夫婦ってものは、惚《ほ》れたはれたの向こうに生きる手立てが隠れているってことだ」

栄三郎は、彼もまた思い入れたっぷりに頷いて見せると本題に入った。

「すまねえがお染、その女のことをあれこれ調べてみちゃあくれねえか。おかねが耳にしたところでは、女の名は房吉《ふさきち》というらしい」

「男名前でそれ者らしき女となれば、こいつはやっぱり辰巳の芸者だね」

「そうだろう。ここはひとつ、お前にお出まし願わねえとな」

「仕方がないねえ、まったく……」

「ああ、仕方がねえんだよ。取次屋栄三の手助けができるのは、染次姐さんだけだからよう……」

こう頼まれるとお染は嬉《うれ》しくなってくる。

「わかったよ。まあ、二日もあればわかっちまうさ」

「ありがてえ。こいつは些少《さしょう》ではごぜえやすが姐さん、駕籠《かご》賃にでもしてやっておくんなさいまし……」

栄三郎は芝居がかった物言いで、お染の前に一分金《いちぶきん》を二枚並べた。

四

お染が胸を叩いた通りに、間一日で房吉という女の評判は深川へ出向いたお染の耳に入り、秋月栄三郎の知るところとなった。

栄三郎はお染に頼み事をした三日後の朝に、人形町の〝なにわ屋〟へ又平を遣いにやり、伝馬町《てんま》牢屋敷《ろう》のすぐ近くにある千代田稲荷《ちよだいなり》の社《やしろ》へおかねを呼び出した。

仕度《したく》中の店へ又平が入って、

「おっと、まだ仕度の中《ちゅう》だな。ごめんよ、また来らあ……」

これが合図であった。

さすがに朝は、房吉にうつつを抜かす国太郎もうどんの仕込みに余念がない。

稼がねば女に会えないし、おかねと小女に任せておけるようにしておかないと店が回らないことくらいはわかっている。

「へえ、えらいすんまへんなあ、また後で寄ったっておくなはれ……！」

上機嫌で又平に応えた。

女房への隠し事を報《しら》せにきた者とも知らずにいい気なものだとおかねはほくそ笑みながら、ちょっと買い忘れた物があると言い置いて外へ出た。

稲荷の境内《けいだい》にある掛茶屋の腰掛けに落ち着いたおかねへ、すぐ傍にかかる葭簀《よしず》越しに栄三郎はそっと声をかけた。

一見すると、栄三郎は葭簀の向こうで又平と立ち話をしているかのようであるが、その実、おかねに語りかけているのだ。

「房吉って女は、やはり辰巳の芸者だったぜ……」

「やっぱりそうでおましたか……」

おかねは呟《つぶや》くように応えた。

房吉は二十二になる辰巳芸者で、仲間内からはどうも評判が悪い。

なびく素振《そぶ》りを見せつつ、何だかんだと理由をつけて座敷の外で客に会い、手練手管《れんてくだ》で金を吸いあげるのだそうだ。

しかも小商人を狙い、小金を出させるという。

「自前で出ていると頼るところもなし、色々辛《つら》いことがありましてねえ……」

などと、鼻にかかった声で呟くように言うと、

「まあ、私も大したことはできませんが、当座のしのぎくらいなら……」

頼られた方はこう応えることになる。一両に充《み》たない額じか房吉は口走らないから、男どもは貢ぐにほどがいいのだ。

小金と言っても、これが何人もとなればまとまった金になる。

「なるほど、二人や三人やおませんのやな」

「二人や三人だと、何かの折にこれが知れたら客同士が揉めることになるが、五人を超えると芸者という仕事柄、人に会わねばならぬのだろうと、かえって疑わぬものらしい」

「う〜む、考えよりましたな……」

栄三郎の報告を受け、おかねは忌々《いまいま》しそうに唸《うな》り声をあげた。

亭主の国太郎はその何人かの内の一人で、僅《わず》かな利息だけを払っていけばよいと能天気に借金を重ねる間抜けのように、いい具合に女から金を吸い取られているのであろうと思われた。

「それで、あの女の間夫は何という奴でおますのや」

「神道無念流《しんとうむねん》剣術指南・箱上大学《はこうえだいがく》の息子で、箱上鈴之助《すずのすけ》というそうだ」

「箱上鈴之助……？　箱の上に鈴て、なんや賽銭《さいせん》箱みたいな奴でんな」

「ほんまやな……」

栄三郎は思わず上方訛につられて吹き出しそうになるのを堪《こら》えた。

おかねの方はというと、笑わせようと思って言ったわけではない。ものの譬えが口からすっと出ただけで、

「あのあほは、その賽銭箱にせっせと小金を放り込んでけつかるねんやろなあ……」

と嘆息《たんそく》した。

あの折、おかねは汁粉屋へ入った房吉をつけて後から自分も中へ入り、二人の様子を窺《うかが》ったが、箱上鈴之助はすらりとして鼻筋の通った美男であった。これで剣術道場の息子となれば、いかにも女が惹かれるというものだ。

「そういうたら、〝鈴《すず》さま〟とか吐かしておりましたわ……」

その〝鈴さま〟は剣術遣いであるそうな。

これはますます、いざとなったら国太郎は、長い物で斬り刻まれるかもしれぬ

ではないか。

「相手が悪過ぎますなあ……」

がっくりとするおかねに、

「だが、これで引っ込んでいるわけにもいくまい」

栄三郎は励ますように言った。

「そやけど、秋月の旦さんに二両くらいのことで、危ないことをお願いできまへんがな……」

「二両で十分だよ」

「そやけど……」

「危ないことを、うまくかわしながら事を収めるのが取次屋ってものさ」

「さよか……。えらいもんでんな」

「まあ、この後のことは任せておいてくれ」

「おおきにありがとうございます。それにしても、旦さんは何でわてにそないに親切にしてくれはりますねやろなあ。まさかわてに惚れてるわけでは……」

「それだけはない」

「やっぱりね……」

「同じ大坂者同士やないか」

秋月栄三郎はいかにも楽しそうに頬笑みかけると、横手で笑いを堪える又平を連れてその場を立ち去った。


栄三郎には勝算があった。

箱上鈴之助が剣客《けんかく》であるゆえに町の者は恐れるかもしれないが、そもそも一口に剣客といっても位というものがある。

剣客としての生き方の本流からは外れてしまったとはいえ、秋月栄三郎とて気楽流の印可を受けている男である。

それなりの剣客ならば、名を聞いただけでぴんとくるものがある。それがこないとなれば、さのみ恐れることのない武士だといえる。

おまけに父親が剣術指南であるということは、鈴之助には剣の上でのしがらみがある。

美男でそれなりに腕も立つゆえに、いい気になって遊里で間夫を気取っているのであろうが、ちょっとばかりそのしがらみを突《つつ》いてやればいかほどのこともない。

栄三郎は又平を帰して、自分は本所源光寺《げんこうじ》へと向かった。

このところ栄三郎の剣の師・岸裏伝兵衛が源光寺に寄宿しているのである。

今年の夏の盛りにふらりと旅に出た伝兵衛であったが、夏も終わる頃に上州勢多郡に旧知の俠客《きょうかく》・田島要吉を訪ねたところ、剣の弟子・陣馬七郎の危急を報された。何でも、七郎は凶悪なやくざ者・白舟屋勘六が江戸に紛《まぎ》れ込んでいることを知って、ただならぬ様子で江戸へ戻ったという。伝兵衛はこれは一大事であると、自分もまた慌《あわ》てて江戸へ戻ったのだ。

すると、秋月栄三郎、松田新兵衛の活躍でその一件はすでに片付いた後で、七郎が椎名家に仕官をする前に、まず挙げてしまわねばならなかったお豊との祝《しゅう》言《げん》にちょうど好い具合に列席することができた。

七郎の要望で、祝言はごく身内だけでしめやかに行われたが、形だけとはいえ伝兵衛が媒酌人《ばいしゃくにん》を務めた。愛《まな》弟子の先行きを案じていただけに真《まこと》に心地が好く、その後、伝兵衛は江戸に留《とど》まっていた。

そのことにつけて、栄三郎、新兵衛は、近頃江戸にいることが多くなった師の伝兵衛に定まった住まいを持つことを強く勧め、伝兵衛はそれに折れて、この源光寺の僧坊のひとつを借り受けることにしたのである。

そこは、かつて岸裏伝兵衛が番場町に開いていた道場を閉鎖した折に、内弟子であった栄三郎が一時住んでいたところであった。

そもそも伝兵衛が寺の住持《じゆうじ》と懇意《こんい》であったゆえに栄三郎が借りたという離れ屋であり、今は空き家《あきや》になっていたので、剣に長じた伝兵衛が使ってくれるならば寺としても心強いと、大いに歓迎したのだ。

僧坊は座敷といっても六畳一間があるだけであるが、出入り口から入ったところの土間がゆったりとしていて、大盥《おおだらい》を持ってくれば湯浴みができるし、刀も振れる。

裏には寺の庭が続いていて、ゆったりとした心地にもなれる。

今日はこれといって用もなく、伝兵衛は一日籠《こ》もって趣味である木彫りの仏像作りに励んでいたので、夕刻となっての栄三郎の来訪を喜んだ。

栄三郎が持参した鮨《すし》に、伝兵衛が作った根深汁《ねぶかじる》で、師弟は一杯やりながらしばし談笑した。

もちろん話題は、大坂女・おかねのことである。

伝兵衛はこの二年近くの間、江戸へ戻ってきては栄三郎の人情味とおかしみにあふれた取次の手伝いをするのが楽しみになっているので、とにかく愉快そうに愛弟子の話に聞き入った。

「そうか……。栄三郎の話を聞く限りにおいては、そのおかねという女房の役に立ってやりたいものだな」

「きっと先生ならば、そう仰《おお》せになると思って参りました」

「栄三郎はおれに、その箱上鈴之助という男に聞き覚えがないか、訊きたかったのであろうが」

「はい」

「そ奴のことはまるで知らぬが、親父の大学という剣客のことは何とのう覚えている」

「真でござりまするか」

「ああ、確か麹《こうじ》町の戸賀崎《とがさき》先生に教えを請《こ》うた時にいたような……。おおそうじゃ、なかなか顔立ちの好い男でな、その上に遊び好きで女にはもてていたような気がする」

「なるほど、鈴之助のもてぶりは親父譲りということですな」

「だが、大学はそこそこ剣の腕はよかったような気がする」

「では、一手指南を請いに行ってみとうござりまするな」

「神道無念流の岡《おか》田《だ》十松《じゅうまつ》先生とは親しゅうさせてもらっているゆえ口を利いてくださらぬこともないが、行って何とする」

「まず大学先生と誼《よしみ》を通じとうござります。お染が妹芸者の竹八《たけはち》から聞いたところによりますと、鈴之助はやたらと恰好《かっこう》をつけておりますが、親父殿をとにかく恐れているようで……」

「ふッ、ふッ、その親父をまずこちらの味方にするか」

「はい……」

それから二刻ばかり、栄三郎は師・伝兵衛と楽しそうに知恵を出し合って、数日後に神田佐久間町《かんださくまちょう》三丁目にある箱上大学の道場を訪ねた。

神道無念流の大師範・岡田十松は、他流での稽古に熱心な岸裏伝兵衛に日頃から敬意を払っていて、自らも気楽流の極意を伝兵衛に訊ねるなどしていたのだが、

「箱上先生に一手ご教授を願いたく……」

という伝兵衛の言葉に、

「はて、また何ゆえに……」

と首を傾《かし》げたものである。

名流にして数多くの名剣士を揃《そろ》える神道無念流剣術にあって、箱上大学はせいぜい門人三十人ばかりの小道場主で、気楽流にその人ありと言われた岸裏伝兵衛がわざわざ教授を願うほどの者ではあるまい——岡田十松がそう思うのも無理はなかった。

「いやいや、なかなか大したお方であると承《うけたまわ》っておりまするぞ」

「まあ、岸裏先生がそう仰せならば、某《それがし》も喜んでその由《よし》お伝えいたしまするが……」

これに何よりも喜んだのは当の大学であった。

大学自身も岸裏伝兵衛の実力は噂《うわさ》に聞いて知っていたし、伝兵衛は忘れてしまっているが、昔一度手合わせをしたことも覚えている。

この時は大学、まるで伝兵衛に歯が立たず、いささか悔しい思いをした。

その岸裏伝兵衛がわざわざ道場に来るというのである。しかも、口を利いたのが、大学にとってはもう〝雲の上の存在〟となった岡田十松となればなおさらである。

「某は箱上先生のことをあまりよく存じておりませなんだ。他流のお方から斯様《かよう》なことを持ちかけられるとは、恥ずべきことでござりましたな」

岡田は箱上大学へそのような内容の文《ふみ》を門人に持っていかせたのだが、これは何よりの名誉で、五十になったばかりの大学にとってこの先の道場運営に大きくものを言うことになる。

岸裏伝兵衛と立合うのは恐物《こわもの》ながら、自分の跡を継《つ》ぐべき鈴之助が今ひとつやる気がなく、何かというと遊びたがるので、どこかで気合を入れ直させねばならぬと思っていただけに、息子にさらなる親の威厳を示せる好い機会でもある。

伝兵衛は温和な性格であるから、他流の自分に恥はかかすまい。箱上大学は機嫌を取り結ぶことを画策した。

こうして秋月栄三郎は、岸裏伝兵衛に付いて勇躍、箱上道場に乗り込んだ。

事前に道場の様子をそっと覗き見たが、

――まず、新兵衛を呼ぶまでもなかろう。

と、栄三郎自身が思える程度で、立派に伝兵衛の付き人を務められると確信を持っての訪問であった。

「これはこれは岸裏先生、お懐かしゅう存じまする。某に教授など畏《おそ》れ多いことでござる。今日は我らが先生にお教えを請いとう存じまする……」

箱上大学は岸裏伝兵衛の姿を認めるや、供連れの栄三郎と共に丁重に出迎えた。

これに対して伝兵衛は、

「実は先般、この道場の前を通りかかりまして、不調法ながら中の様子を拝見仕《つかまつ》りました。いや、真に好い稽古をなされておいでてござった。この岸裏伝兵衛、感服をいたしました次第にござる」

と、威儀を正して応え、それゆえに本日は参上仕ったと言って、ますます箱上大学を恐縮させた。

さらに、緊張の面持《おもも》ちで控《ひか》える鈴之助を紹介されると、

「おお、こなたが鈴之助殿でござったか。先だってそっと窺い見まするに、なかなか剣の筋の好い若者がいると思えばやはりご子息でござったか」

と手放しに誉《ほ》めた。

「あ、ありがたき幸せに存じます……」

鈴之助は色白の顔を朱に染めて感激した。

こういうところを見ると、強面《こわもて》の芸者の間夫という翳《かげ》りはなく、まだ表情にあどけなさが残る、ちょっと〝やんちゃ〟な兄ちゃんといったところである。

「今日は鈴之助殿と稽古ができるのを楽しみにして参った」

この言葉には大学の方が舞い上がってしまって、

「皆、せっかくの岸裏先生のご教授じゃ。心してかかるようにな！」

この号令一下、稽古が始まった。

まず栄三郎が伝兵衛の弟子として、防具着用の上で箱上道場の門人の相手を一通りこなした。

栄三郎らしく、時折は相手に打たせてやりつつも、ことごとく門人たちを打ち据《す》え撃破していく姿に伝兵衛は目を細めた。

――栄三郎め、やりおる。

剣の道から遠ざかりつつあった栄三郎が、近頃は旗本・永井勘解由邸で奥女中相手とはいえ武芸指南を始め、豪商田辺屋の娘・お咲を優秀な女剣士に育てたことに、伝兵衛は満足していた。

愛弟子の成長ぶりを見たかったことが、この取次の助っ人を引き受けたひとつの理由であったのだ。

――これでよし。

伝兵衛は自らも防具を着けると、いよいよ鈴之助の相手をしてやった。

「やあ！」

伝兵衛に誉められた嬉しさで闘志十分の鈴之助は、烈帛《れっぱく》の気合もろとも伝兵衛に打ち込んだ。

しかし、次の瞬間、鈴之助の体は躍《おど》るように後方へと吹きとんで、したたかに道場の壁にぶつけられていた。

見事に間合を切って、鈴之助の動きを崩すや繰《く》り出した岸裏伝兵衛手練《しゅれん》の突き技が、鈴之助の面の突き垂《だれ》を捉えたのであった。

道場は水を打ったようにしんとして、一同は伝兵衛の姿を呆然《ぼうぜん》と見たが、

「いやいや見事じゃ！　突きを入れずば某の体が吹きとばされていたやもしれぬ。うむ、鈴之助殿、今の打ちを日々鍛《きた》えられるがよろしい」

岸裏伝兵衛は相変わらず鈴之助を誉めながら豪快に笑った。

これによって、凍りついた大学の表情は引きつった笑いへと変わった。

「うむ、うむ、鈴之助、お誉めのお言葉を頂いてよかったではないか。は、は、は、は……」

門人たちはこれに倣《なら》って頬笑んだが、当の鈴之助は気を失っていて、彼の耳には何も入っていなかったのである。

五

「いやいや、なかなか深川というところもようございまするな」

夕暮れにぼんやりと輝く、櫓《やぐら》下に広がる軒行灯《のきあんどん》の灯を眺めながら、箱上大学はしみじみと言った。

「箱上先生は、もっぱら根津《ねづ》で浮名《うきな》を流されましたかな」

秋月栄三郎が冷やかすように言った。

「はッ、はッ、これは秋月殿、浮名などとは恥ずかしい……。まあ、それなりでござるよ。わァッ、はッ、はッ……」

大学は思いの外《ほか》、この気楽流の師弟がくだけた男たちであることに安堵《あんど》していた。

あの後、岸裏伝兵衛との立合に緊張をして挑んだ大学であったが、伝兵衛は実に穏やかに竹刀《しない》を交え、大いに大学の面目を立ててくれた。

それでも、誉めてくれたとはいえ、跡取り息子を一撃で悶絶《もんぜつ》させられたのである。稽古後に接待のひとつとして、岡田十松に悪い報告をされることなどないよ

う、さらに機嫌を取り結んでおきたかったので、

「この後でございまするが、よろしければ一献《いっこん》、お付き合いのほどを……」

と、恐る恐る根津の料理屋へ誘った。盛り上がれば芸者を呼んで派手に遊び、親交を深めたかったのだ。

すると岸裏伝兵衛は、

「この後のことは弟子の秋月栄三郎にお任せくだされ。こ奴は剣術の方もなかなかに遣いまするが、遊び事となるとますます遣える男でござってな」

と言って、ニヤリと笑った。

むしろこちらの方が箱上殿を招待するという岸裏伝兵衛の言葉に、大学は胸を撫《な》で下ろした。

そうしてやってきたのが深川であった。

万事物事に長《た》けた風のする秋月栄三郎によってすっかりと緊張が解けた大学は、元より遊び好きの性分《しょうぶん》がもたげてきて真に好い調子になってきた。

栄三郎が用意した料理屋は、仲町《なか》の路地を入ったところにあるこぢんまりとした店であった。

小部屋が幾《いく》つもあり、小人数で気軽に芸者を呼んで楽しむにはちょうどよく、

顔がささないところが洒落《しゃれ》ている。

部屋へ通されると、芸者が一人待っていて、

「これは先生方、何人叩っ斬ってきたんですか、ふふふ……」

と賑《にぎ》やかに迎えてくれた。

芸者はお染が染次であった頃の妹芸者・竹八であった。

妹分を公言するだけあって、物言いから立居振舞までお染によく似ている。

こういう姐さんが今深川に出ているというのは、栄三郎にとってこの上なく心強い。

竹八もまた、お染と仲の好い栄三郎贔屓《びいき》である。軽妙な栄三郎の話に相《あい》の手を入れるのが楽しくて仕方がないようで、酒も入って三剣客の座は見事に盛り上がった。

こうなると箱上大学はますます調子が上がってきて、

「いや、楽しい……。楽しゅうござりまする。岸裏先生と思わぬ知遇を得て、この箱上大学、真に幸せにござりまする……」

と、感じ入った。

この間も伝兵衛は箱上道場はのびのびとした気風が心地好い上に、大学の教え

方には無理がなくて好いと誉め続けた。

「そのように誉めてくださる先生を、某は、流派は違えど第二の師と心得まする……」

すっかり大学が岸裏伝兵衛に心酔するのを見はからって、竹八がしみじみと大学の顔を見て、

「箱上先生とは今日が初めてでございましたよねえ」

と、少し首を傾げて言った。

「いかにも初めてじゃ。一度でも会《お》うておれば、おぬしのような好い女は忘れぬ」

大学はちょっと浮き立った表情で言った。

「左様《さよう》でございましたよねえ」

「このおれに似た男でもいたのかのう。憎い奴じゃ」

「似た男……。ああそうでございました。鈴さまにそっくりなのでございます」

竹八は膝《ひざ》を打った。

「鈴さま……」

「はい。もっともそちらの鈴さまは、先生に比べましたらまだ頼りない、ほんの

若造というところでございますが」

「ほう……」

大学も凡愚《ぼんぐ》な男ではない。自分に似た鈴さまという男がいると言われると気になる。

「おぬしの客か」

「いいえ、房吉という芸者が熱をあげておりましてね。わっちは人のことをとやかく言うのは嫌いでございますが、どうもその房吉という女が好きになりませんで……」

「房吉の噂はおれも聞いたよ。何でもあちこちで男を騙して金を巻きあげているそうだな。それで、そんなくだらない女を相手にする鈴さまの姓名は何と言うのだ」

横合いから栄三郎が問うた。

「はい。確か、箱崎鈴太郎《はこざきすずたろう》とかいうお侍だったはずです」

「箱崎鈴太郎？　紛らわしい名の者が世の中にはいるものでございますねえ……」

栄三郎は、まさかその男が箱上鈴之助であるはずはないといった顔で笑った。

だが、大学の顔からはさっきまでのにやついた表情が消えていた。

岸裏伝兵衛の前では言えないが、以前、同じような接待の場を根津で設《もう》け、鈴之助を同席させたことがあった。

その折に鈴之助は、その場で見初《みそ》めた芸者と懇《ねんご》ろになり、それから大学の目を抜いて根津通いを続けたという前科があるのだ。

「いかがなされました……」

栄三郎は大学を気遣うふりを装《よそお》った。

「もしや箱上先生は、その箱崎鈴太郎という男が鈴之助殿のことではないかと思われているのではございませぬか」

「ああ、いや……」

大学の返事が終わらぬうちに、

「まさかそのようなことがあるはずはございませぬ。何と申しましても、箱崎鈴太郎などという芸のない変名を、先生のご子息ともあろうお方が名乗られるはずがないではありませぬか」

栄三郎は一笑に付した。

「ふッ、ふッ、左様にござるな」

大学は栄三郎に元気づけられて笑顔を取り戻した。いかな馬鹿息子といえども、確かに変名にしては見えすいている。ともかくこの場はそのようなことは忘れて楽しもう、とりあえず帰ってから問い質《ただ》してみればよいことだと思い直したのである。

「はッ、はッ、出来の悪い倅を持ちまするると、あれこれ気にかかるので困りまするわ……」

取り繕《つくろ》う大学に、竹八は何やら下らないことを言ってしまいましたと詫びながら酒を注《つ》いだ。

その時、料理屋の女中が新たな酒を運んできて、これを受け取る竹八にそっと目配せをした。

「何やらお暑うなって参りましたようで、ちょいと風など入れましょう」

竹八は座敷の障子《しょうじ》窓を開け放った。

「さすがは辰巳の芸者だ。よく気が付くのう」

大学は窓から吹きくる秋の風に紅潮《こうちょう》した顔をさらしてほっと息をついた。

すると、秋の風と共に、同じく開け放たれた隣《となり》の間の窓から男女の睦《むつ》み合う声が聞こえてきた。

「ほんに鈴さま、嬉しいわいなあ……」

「こらこら、大きな声を出すな。今日は親父も根津辺りでよろしくやっているようだから、こうしておれも鬼の居ぬ間に来られたってわけだ」

「あれ、こんなところに擦《す》り傷が……」

「どういうわけだか、馬鹿みてえに強《つえ》え野郎が来やあがってよう。ひでえ目に遭ったぜ」

「大丈夫かい……」

「何てこたあねえや。お前が傷口を舐《な》めてくれりゃあたちどころに治っちまうよう」

「ちょいと声が大きいよう」

「そうだったな。はッ、はッ、はッ……」

「ふッ、ふッ、ふッ……」

みるみるうちに箱上大学の顔が青ざめていくのがわかった。

栄三郎、伝兵衛、竹八の三人は神妙な顔を繕ったが、その実、笑いを堪えるのに必死であった。

隣室から聞こえてくる声はまさしくあの〝賽銭箱〟箱上鈴之助と、集《たか》り芸者の房吉のものであった。

そしてこの偶然は秋月栄三郎が竹八に頼んで仕掛けたことであったのだ。

だが、箱上大学にとっては岸裏伝兵衛という偉大なる剣客の前である。これが仕組まれたことなどとは夢にも思わぬ。

「岸裏先生……、ちと、中座いたしたく存じまする……」

大学は低い声で頭を下げた。

「待たれよ。まず、この二人に、そっと確かめてきてもらいましょう」

伝兵衛は大学を宥《なだ》めた。この一言で、隣の馬鹿な男女が鈴之助と房吉であることを伝兵衛が確信していることを改めて知り、大学はがっくりとして頷いた。

「人違いということもござりまするゆえにな」

伝兵衛はさらに優しく声をかけ、栄三郎と竹八を目で促した。

二人は神妙な面持ちでそっと廊下へ出たが、座敷を出た途端に顔を見合わせて、堪えていた笑いを噴き出させた。

隣室を覗くまでもない。鈴之助と房吉がこの料理屋で密会していることは竹八が知るところのことで、隣室に来るとわかっていたればこそ、この座敷を押さえて大学を先に連れてきたのである。

栄三郎と竹八は笑いを吐き出すと、再び神妙な顔を作って座敷へ戻り、

「申し上げまする……。残念ながら隣の二人は鈴之助殿と……」

「房吉でございました……」

二人並んでひっそりとした声で報せた。

「おのれ……、この父に恥をかかせよって……」

大学は歯嚙みした。そこへ、

「痛い痛い。お前、舐めるならもうちょっとやさしくしてくれよ……」

という、なめた声が聞こえてきた。

「許さぬ……！」

大学は低く唸ると決然として立ち上がった。

「待たれよと申すに」

伝兵衛は声に力を込めた。

「箱上先生が許さぬという気持ちもわからぬではないが、短気を起こしてこんなところで一悶着《ひともんちゃく》起こせばご子息の先行きに傷がつくと申すもの」

「畏れ入りまする……」

大学はそれもそうだと座り直した。

「若い頃は、誰にでも女に深入りしたくなることがござろう。だが、ほとんどの者は自分に惚れてくれる女に巡《めぐ》り合わぬままに歳をとる……。それゆえに、間違いを起こさずにこれただけではござらぬかな」

「それは……、確かに……」

「言い換《か》えればご子息は、女にもてるがゆえに下らぬ女に捕まった不運な男とも申せましょう」

「岸裏先生にそう言って頂けますれば、真に倅は果報者にござります る」

「若い者を追い詰めて、自棄《やけ》になられても困りますゆえにな」

栄三郎からこの話を持ちかけられた時、伝兵衛がまず気をつけてやれと言ったのはこのことであった。

若気の至りをこじらせてしまってはどうしようもないことゆえ、懲《こ》らしめ方もよく考えねばならぬと――。

「さりながら、聞けば房吉という女は、方々で男から金を騙し取っているとか。おそらくその金が倅の手に渡っているはず」

「うむ、それは見逃せませぬな。今宵《こよい》帰った後にひとり道場へ呼び出し、ここでの事を問い質した上で、しっかりと鍛え直してやればようござりましょう」

「なるほど、それは先生の仰《おつしや》る通りにござりまするな」

大学は隣室のことを気にしつつも、伝兵衛の言葉のひとつひとつに感じ入り、大きく相槌を打った。

ここで栄三郎が膝を進めて、

「出過ぎたことと存じまするが、先生、鈴之助殿にはまず下らぬ芸者と手を切ってもらわねばなりますまい」

「無論のことにござる。某が倅に引導を渡してくれましょう」

「ならば女の方への仕儀は、この秋月栄三郎にお任せくださりませ」

「それは願ってもないことでござるが、そのようなことを秋月殿に……」

大学はほとんど涙声になっていた。

房吉が国太郎に寄りつかぬように、また、国太郎が房吉にこの先騙されぬように仕掛けるには、まず鈴之助をこっちの手を汚さずにおとなしくさせることが肝《かん》心《じん》であった。

それをこのように、箱上大学に恩を売って処理しながら、隣合わせで悲喜こもごもを演じる箱上父子の姿を楽しみながら進めていく――。

――栄三郎め、ほんに巧みな奴じゃ。

岸裏伝兵衛は、大学が感じ入れば感じ入るほどふつふつと笑いが込みあげてきて、それを抑えるのに苦労をした。

「これは真に些少《さしょう》ながら、某のほんの気持ちにござりますれば……」

大学は懐紙に三両ばかり包んで栄三郎に無理矢理握らせた。

「いやいや、このようなことをしてもらっては困りまする……」

恐縮して伝兵衛を見る栄三郎に、穏便《おんびん》に息子についた悪い虫を取り除いてやるのだ、三両くらい安いものだ、貰《もら》っておけばよいと、伝兵衛は頷いてみせた。

「左様にござりまするか。ならば遠慮のう、入用に充《あ》てさせて頂きまする」

栄三郎が分別くさい顔で深々と大学に一礼した時――。

「ヘッ、ヘッ、親父は今頃、あの出来の悪い倅のことを何卒《なにとぞ》よしなに……、なんて言ってやがるんだろうな……」

という鈴之助の声が、かすかに隣の座敷から聞こえてきた。

六

人形町のうどん屋〝なにわ屋〟の主・国太郎は、いそいそと深川の三十三間《さんじゅうさんげん》堂を通り過ぎて亀久橋《かめひさ》を渡り、浄心寺《じょうしん》の裏手へ向かっていた。

寺の裏手の木立の中に、以前は何か用具などをしまっていた掘っ立て小屋があるのだが、今日の八つ（午後二時）にその前で待つ、と房吉から付け文があったのだ。

先日は、宮城《みやぎ》村にいる弟が思いもかけず長患《ながわずら》いをしたということで、薬代にと二分《ぶ》を渡してやった。

「国さま、このお礼は必ず今度、二人だけの時にさせてもらいますからね……」

などと言われていた。

「いよいよその日が来たようやなあ……」

国太郎の期待は深まるばかりである。文の通りに訪ねてみれば、木立に覆《おお》われた寺の裏手は窪地《くぼち》になっていて、人目を忍ぶにはおあつらえ向きの場所ではないか——。

房吉との夢のような一時《ひととき》をあれこれ考えるうちに木立が迫ってきた。

それをさらに進むと、はたして掘っ立て小屋らしきものが見えてきた。

朽《く》ちかけた板屋根が今にもずり落ちそうな小屋の端には一人の女が立っている。

「房吉やがな。待っててくれたんやな、今行くよってにな……」

国太郎は駆けた。

彼の今までの人生において、これほど真剣に駆けたことはなかろう。

「房吉！　わしや、国太郎や、待ったか！」

息を切らして房吉の前へと立つと、房吉はただ無言で、きょとんとした顔を国太郎に向けているばかりであった。

「なんや、どないしたんや……」

よく見ると、房吉の体はぶるぶると震えている。そして腰が抜けたように座り込んでしまった。

すると、今まで房吉の体に隠れて見えなかった刀の抜き身がきらりと光って現れた。

「ええ……⁉」

驚愕《きょうがく》する国太郎の前に、その抜き身の主は小屋の内より現れた。深編笠《ふかあみがさ》の浪人である。

「ひ、ひえ～……」

揉め事が起こると、これを当然のごとく女房のおかねに任せてきた国太郎は、まったくこういうところ意気地《いくじ》がない。逃げようとして足が動かず、たちまち首筋に刃《やいば》を突きつけられて、房吉と同じようにその場に座り込んだ。

「お前はこの女の何だ」

深編笠がどすの利いた声で訊ねた。

「い、いや、その、何だというほどの者でもおまへんねんけど、その、付け文を貰いましてね……」

「付け文だと……。女、お前は鈴之助殿を惑《まど》わせておきながら、こんな男にまで色目を使っていたのか。許せぬ！」

深編笠の刃は房吉に向かった。

「わ、わっちは、こんな男に色目なんて使っちゃあおりませんよ。た、ただ何度かお座敷についただけの客で……。それに、付け文などしちゃあおりません……」

房吉は本性を顕《あら》わにして震える声で言った。

「房吉、お前そんなつれないこと言いないな。鈴之助殿て誰やねん」

国太郎は情けない声を出した。

「うるさいよ！　お前なんかが来るから、話が余計にややこしくなったじゃないか、馬鹿！」

それへ向かって房吉は、女房のおかねよりひどい言葉で国太郎を罵った。

「黙れ！」

深編笠の一喝で房吉は口を噤《つぐ》んだ。

わけがわからないのは房吉も同じであった。

彼女もまた鈴之助からの付け文を貰って来てみれば、いきなり小屋の内から白《しら》刃《は》を突きつけられて、

「お前が房吉か。申しておくが鈴之助殿はここへは来ぬぞ……」

と叱責《しっせき》されたのである。

「お前のせいで、箱上先生は大いに恥をかかされ、鈴之助殿は手厳しい折檻《せっかん》を受けた上謹慎を命じられ、明日、切腹を申し渡されるかもしれぬ身となったのだ……」

深編笠の正体は秋月栄三郎であった。

大山詣《まい》りの折には白般若《しろはんにゃ》に扮《ふん》し、先日も剣友・陣馬七郎と共に白舟屋勘六の栖《すみか》に深編笠で乗り込んだりと、このところ被《かぶ》り物づいている栄三郎であったが、この度《たび》の設定は箱上道場出身の剣客で、おれは道場に害をなす怪《け》しからぬ芸者を

斬り捨てて廻国《かいこく》修行に出るつもりであると房吉を脅しつけたのであった。

切腹がどうのとはいささか大袈裟《おおげさ》であるが、あの夜箱上道場において、大学が鈴之助を二、三日足腰が立たなくなるまで叩き伏せたのは事実で、おめでたいことに、この時初めて鈴之助は、房吉が騙《かた》りまがいのことをして自分に金を注ぎ込んでいたことを知ったのである。


「女と手を切らぬと申すなら、まずこの父と真剣で立合え」

大学は息子の放蕩《ほうとう》に気付かぬ間が抜けたところがあるものの、そこは武士だ。命を懸けて子と向き合う覚悟はある。

鈴之助は己が未熟を恥じて、心を入れ替えることを誓ったという。

そして今は、栄三郎が房吉と国太郎に鞭《むち》を打つ番であった。

いきなり恐ろしい武士に斬り捨てると言われて、

「それもこれもみな、鈴之助様に心の底から惚れてしまったゆえにございます。哀れな女と思《おぼ》し召し、どうか命ばかりはお助けくださりませ……」

さすがは辰巳の芸者である。房吉はなかなかに泣かせる台詞《せりふ》を並べて命乞《ご》いをした。

そこへ、偽《にせ》の付け文に心浮かれて国太郎がやってきたのである。

「どうしてお前がここにいるんだよ！」

と、房吉が叫びたくなる気持ちもわからなくはない。

「汚《けが》らわしき女め、この男共々に斬り捨ててくれるわ！」

栄三郎は刀を振り上げた。

恐怖に声が出ない房吉の横で、

「ちょっと待っておくなはれ。何でわてがついでに斬られんとあきまへんねん。助けておくなはれな……」

国太郎は悲愴《ひそう》な声をあげたが、この大坂のどこか頼りないおやじが言うとおかしさが先立ち、込みあげる笑いが栄三郎を苦しめた。

「お前には女房がいるのか」

「へえ、ひとりおります」

「その女房はお前の遊びを何と思っている」

「あんたも男や、上手に遊びと言うてくれます」

「好い女房だ」

「へえ、よう出来ております」

「お前は上手に遊んだか」

たのだ。

「いえ、それは……」

栄三郎は房吉に間夫がいて、国太郎はいいように集られていた事実を突きつけ
「女房が知ったら何とする」

「そら、殺されます……」

国太郎はがっくりとして、情けない声を出した。

「おれが女房の代わりに殺してやろう」

「い、命ばかりはお助けを……！」

国太郎は力を振り絞《しぼ》って立ち上がり逃げようとしたところを、首筋に一撃をくらってその場に倒れた。

「ひ、ひえ～ッ」

房吉の悲鳴はもう、叫び声にもならなかった。

「死んではおらぬ。峰打ちだ……」

「わっちのことも殺さないでおくんなさいまし」

「この後、二度と男を騙さぬと誓え」

「誓います……」

男に惚れるなら、好い女になってから惚れろ。さもないと男は迷惑をする」

「は、はい……」

「行け……」

「あ、ありがとうございます……」

「行け！」

房吉は無我夢中で駆け出した。

「少しばかりやり過ぎたかな」

栄三郎は房吉の方へは目もくれず、倒れている国太郎の傍へと歩み寄った。

小屋の内からは又平が出てきた。

「さて旦那、どうしますかねえ」

「小屋の中で寝かせておけばいいさ。そのうち目が覚めて、一目散《いちもくさん》に女房の許へ帰るだろうよ」

「あの、おっかねえ女房の許へですかい」

「女は皆おっかねえよ。同じおっかねえなら、ちょっとでも慣れた女の許の方がいいんじゃあねえのかな……」

「そんなもんですかね」

「やっぱりあっしは独《ひと》りがいいや」

「だと思うぜ」


それから数日が経《た》って、江戸の夜空を月が明々《あかあか》と照らした。

〝なにわ屋〟の国太郎も箱上鈴之助も、その後は深川へ行くこともなく、芸者・房吉もすっかりとおとなしくなってお座敷勤めを黙々とこなす日々が続いていた。

これでおかねが納得のいく始末がついた。今宵は〝そめじ〟に岸裏伝兵衛を招いてお染共々この度の取次における労をねぎらおうと、秋月栄三郎は今、又平と二人、手習い道場を出て、〝そめじ〟へさして月夜の道を辿っている。

「〝なにわ屋〟の夫婦は大坂へ戻ることになったそうだ……」

栄三郎はほのぼのとした表情で又平に伝えた。

「へえ、そうなんですかい。そいつはおかねさんが言い出したんで？」

「いや、にわかに亭主の方から言い出したそうだ」

浄心寺裏手の掘っ立て小屋の中で正気に返った国太郎は、自分が生きていることを知り、一目散におかねの許へと駆け戻った。

真剣に駆けたことでは、房吉に会いたくて走った行きの速さを更新した。

もちろん、栄三郎から今日の仕掛けも結果もすべて聞かされていたおかねであったが、込みあげる笑いを抑え、努めてぶっきらぼうに振る舞った。

「なあ、おかね……」

国太郎はそんなおかねにまとわりついた。今しがたまで自分を襲った恐怖が夢の中の出来事であったかのような気さえしたが、体の奥底にいまだこびりついて離れない不安や己が馬鹿さ加減が胸を締めつけて、それが自然としっかり者のおかねにその身を寄り添わせたのである。

――嘘をつくのが下手な男や……。

明らかにあれこれ機嫌を取ろうとする国太郎に対して、おかねはごくいつも通りに接して、汗を拭《ふ》き拭き店で働いた。

それが一番男にとってこたえることを、おかねは女の本能でわかっていたのだ。

「そのうちにあのあほが、なあおかね、大坂へ去《い》のか……、言い出しよりましてな……」

今日、〝なにわ屋〟を訪ねた栄三郎に、おかねはそっと耳打ちした。

一人娘に子が生まれたと文で知り、

「孫の顔をいつでも見られるところにいてたいて、言い出しましたんや……」

つい先頃まで女にうつつを抜かしていた男が孫の顔が見たいなどとはあほな話だが、死ぬほど怖い目に遭わされた江戸に早くも嫌気がさしたのであろうと、おかねは苦笑いを浮かべたものだ。

「それで、おかねさんはあっさりと亭主の言うことを聞き入れてやったんですかい」

又平が少し呆《あき》れ顔で訊いた。

「ああ、女房だからな、亭主についていてやるのが当たり前だとよ」

「おかねさんってのは好い女ですねえ」

「ああ、好い女だ。あれで昔はほおべたがふっくらと桃色をしていて、眉《まゆ》も濃くてすっとしていて、体中が丸みを帯びてかわいかったもんだ」

「え……？」

栄三郎の意外な言葉に又平は驚いて、

「旦那は、おかねさんのことを知っていたんですかい」

「ああ、知っていた。向こうの方はすっかりと忘れていたがな……」

出会った時はまさかと思った栄三郎であったが、その後それを確かめたくて〝なにわ屋〟へ通ううちにそうだとわかった。

おかねの叔父が住吉大社近くで営んでいたといううどん屋には、栄三郎は子供の頃からよく行っていた。

近くの町道場で剣術を始めた頃は、母親から小遣い銭を貰って何度も行ったところであった。

そこへおかねは時折手伝いに来ていたのだが、まだ少女の頃の彼女は愛らしく、いつしか栄三郎はうどん屋の中を覗いておかねが手伝いに来ていることを確かめるようになった。

いれば腹が減っていなくても入ってうどんを食べたし、いなければ小遣い銭を無駄にするまいと真っ直《す》ぐ家へ帰ったものだ。

言葉とてほとんど交わしたことはなかったが、桃色のほおべたと、はきはきとした物言いが、若き頃の汗にまみれた思い出の中に今も残っている。

思えばそれが栄三郎の初恋であったのかもしれなかった。そして、それはほんの一時、栄三郎の胸の内をほのぼのとさせ、江戸へ行くことになって消え去った。

「そりゃあ、他のおかねさんじゃあねえんですかい」

「いや、まさしくあのおかねだ」

「そうだとしたら、おもしろくねえ女ですねえ。喋っているうちに思い出してもよさそうなもんなのに……」

又平は栄三郎のことを覚えていないおかねが気に入らない。

「無理もねえさ、あれからおかねは人の女房となり、子を産み、調子の好い亭主を助けて、それこそ大変な毎日を送ってきたんだ。昔のことを懐かしんだりするような暇などねえさ」

「なるほど、女ってえのはそんなもんですかねえ」

あのおかねの顔に、ふっくらとした桃色のほおべたが引っついていたことがそもそも神がかりだと、又平は心の内で感心しながら月夜を見上げて歩き出した。

思い出の女と何かの縁で巡り合えたというのに、その女に昔の面影《おもかげ》などまるでなく、自分のことなどまるで覚えていなかったのだ。栄三郎はさぞかし心の痛手であっただろうと、又平は一瞬神妙な顔つきになったが、

「その話、これから岸裏先生とお染にするんですかい」

と努めて軽い調子で訊ねた。

「いや、あまりおもしれえ話でもねえしな。お前にだけ話したのさ」

「へへへ、そいつは嬉しゅうございますね」

又平は栄三郎の言葉に心から喜んで満面に笑みを湛《たた》えると、京橋の上から下を流れる京橋川《きょうばし》の水面《みなも》を見つめた。

「やはり女ってえのは、色んなことを忘れちまうんですねえ……」

「ああ、覚えねえといけないことがあれこれあるんだろうよ。それに……」

「何です」

「子供の頃のおれは、まったく女にもてなかったってことだ」

「どうかしてますねえ、大坂の女どもは……」

「ああ、まったくだぜ」

栄三郎は小さく笑って、彼もまた京橋川の水面を眺めた。

丸い月が映《うつ》っている。

それが栄三郎の目に、少女の頃のおかねの、桃色のほおべたに見えた。

第四話

菊の宴《えん》

一

昼過ぎとなって雨が降り始め、方々で咲き誇る菊の花片をしっとりと濡《ぬ》らした。

このところ、江戸の町は秋雨《あきさめ》に見舞われている。

――もう少し持ってくれたらよかったものを。

芝口《しばぐち》橋を北へ渡ろうとしたところで降り出した雨に、松田新兵衛は恨《うら》めしそうに天を仰《あお》いだ。

今は芝源助《しばげんすけ》町に住む老婆・お種を訪ねての帰りである。

お種はかつて木挽町二丁目の小さな店で唐辛子《とうがらし》を商《あきな》っていて、新兵衛はその二階に間借りしていたことがあった。

今お種は、一人娘のおみねの嫁ぎ先である源助町の家に引き取られ、楽隠居の日々を送っている。おみねの亭主は庄吉《しょうきち》といって、江戸でも指折の錠前師であり、暮らしには困らぬだけに真《まこと》に結構なことなのだが、それはそれで人恋しいようで、新兵衛は何かの折には、

「婆殿《ばば》、達者にしておるかな」

と、訪ねてやることにしている。

仁王《におう》のごとき威風に、純朴な優しさが見え隠れする松田新兵衛の顔を見ると、

「また一年長生きできるような気がしますよ……」

お種は拝《おが》むように見ては、心からありがたそうな顔をする。それが新兵衛にとっても嬉《うれ》しくて、心が和《なご》むのである。

――その辺りで傘《かさ》を求めるか。

新兵衛はとにかく芝口橋を駆け渡ったが、そこで雨宿りにちょうど好《よ》い表長屋の一軒を思い出し満足そうに頷《うなず》くと、そのまま北へと歩みを進めた。

その家というのは芝口橋からほど近い、三十間堀《さんじつけんぼり》四丁目にあった。

住人は辻村由次郎《つじむらよしじろう》、北澤直人《きたざわなおと》という二十代半《なか》ばの浪人者で、二人はここで指物《さしもの》の内職をしながら新たなる人生を模索していた。

新兵衛との出会いは去年の初頭に遡《さかのぼ》る。

辻村、北澤は、かつて相川伊十郎《あいかわいじゆうろう》、水原半之丞《みずはらはんのじよう》といった同僚と共に、公儀金《かね》奉行配下の同心として禄《ろく》を食《は》む身であった。

それが六年前のある日、身に覚えなき公金紛失の罪を押しつけられ、一方的に

召し放され、以来浪々の日々――。

世の中の理不尽《りふじん》に嘆《なげ》き再起を誓ったものの再び仕官の道はなく、悶々《もんもん》として暮らしていたのだが、やがて同心筆頭であった相川が〝宝のありか〟が記された絵図面を偶然手に入れることになる。

その宝とは、火付盗賊改方《ひつけとうぞくあらためかた》によって討ち取られた盗賊・弦巻《つるまき》一味の隠し金のことで、高輪牛町《たかなわうし》の空《あ》き家《や》の地下室にあるとされていた。

相川は、自分たちを世の中から放り出した公儀への意趣返しに、この隠し金を奪おうとして、水原、辻村、北澤を仲間に誘い、この空き家をつきとめたまではよかったが、そこには蔵に続く鉄扉《てっぴ》があり、いかにも頑丈そうな錠がおろされていた。

この錠を何とかして開けようと、四人は腕っこきの錠前師・庄吉とその女房・おみねを誘拐《ゆうかい》し、お種を人質にとらんとした。

しかし、この計画は、松田新兵衛が剣友・秋月栄三郎の陰からの手助けを得て解決に乗り出したことによって阻《はば》まれ、さらに鉄扉の中には宝などなかったことが判明した。

この時、松田新兵衛は、かどわかしの罪は犯したものの、相川たちがお種や庄吉、おみね夫婦を丁重《ていちょう》に扱おうとしたことや彼らの哀れな境遇を考慮して、四人を役人に引き渡さず、彼らの暴挙を忘れてやることにした。

世の中には、どのような酷《ひど》い目に遭《あ》おうが、理不尽な仕打ちを受けようが、健《け》気《な》に、真っ当に生きようとしている者もいる。男なら、武士なら、もっと大きなことをしてお上《かみ》を見返してやれという叱責《しっせき》を浴びせつつ――。

相川たちは新兵衛の言葉を深く受け止め、以後真っ当な道を歩むことを誓い、それぞれが己《おの》が生き方を見つけようと懸命に日々を送った。

そこは生真面目《きまじめ》で人の好さを持ち合わせている松田新兵衛のことである。お種を見舞うほどではないにしろ、その後の彼らが気になって、二、三カ月に一度くらいは辻村と北澤の浪宅を覗《のぞ》いてやっていたのであった。

「これは松田先生！　よくぞお立ち寄りくださいましたな」

浪宅へはすぐに着いた。

表の戸は細く開けられていて、新兵衛の姿を目敏《めざと》く見つけた辻村がとび出してきて、中へと請《しょう》じ入れた。

「いや、近くを通りかかった折に雨に降られて、雨宿りをさせてもらおうかと……」

遠慮がちに言う新兵衛を辻村は嬉しそうに見て、

「それはよろしゅうございました。ちょうど水原殿もお越しでございましてな」

と、指物の仕事場となっている広い土間の奥へ目を移した。

土間から座敷へと続く上がり框《かまち》に腰を掛けていた水原半之丞が、立ち上がって新兵衛ににこやかに一礼した。

作業場で箱作りに励んでいた北澤もこれに倣《なら》った。

「まあまあお掛けください……」

辻村は小太りの体を毬《まり》のように弾《はず》ませて、框に手製の円座《えんざ》を敷いて乾《かわ》いた手拭《てぬぐ》いを勧めると、茶を淹《い》れにかかった。

「水原殿は口数の少ないお方でござったが、近頃は自慢話がお好きになられたようでござりまして、毎日のようにお越しになるのでござりまする」

よく喋《しゃべ》る男である。辻村は茶を淹れる間も口を動かし続けている。

「自慢話などはしておらぬよ」

水原は照れくさそうに言ったが、

「自慢話ができるということは、何か好いことがあったということかな」

人攫《ひとさら》いをしでかしたこの連中と、それを懲《こ》らしめたことで知り合った新兵衛であったが、今ではそれぞれの幸せを願ってやまない。期待を込めて辻村に問うた。

「水原殿はこのところ、蘭画《らんが》の腕が世の中で認められ始めたそうにござりまするな」

水原には画才がある。絵を描《か》くうちに西洋の画法に感心し、見よう見真似《みまね》で自分なりに描いては失敗を繰《く》り返してきたのだが、それが次第に好事家《こうずか》たちの目に留まり始め、絵が売れたり、作画の依頼がきたりするようになったというのである。

「ほう、それは何よりだ」

寡黙《かもく》な水原があれこれ伝えたくてここへ来るのも無理からぬ話である。新兵衛はその成功を手放しで喜んだ。

「なんの……、辻村とて、近頃また箱作りの腕が上がったと評判ではないか」

水原はお返しとばかりに言ったが、

「そのような評判、要《い》りませぬ……」

辻村は仏頂面《ぶっちょうづら》で応《こた》えた。

「内職の腕など、いくら上がったとて嬉しくはござりませぬよ」

「このおれとて、ただの道楽が意外にも人にうけただけのことだ」

「その方が恰好《かっこう》が好いではありませんか。だから自慢話だと申し上げたのです」

「理屈を言わずとも、ただ喜んでくれたらよいではないか。おれには話し相手がおらぬのだ」

「もちろんわたしは喜んでおります。喜んではおりますが、どうもおもしろくありません……」

四十前の水原は、浪人してからは妻子を実家に預け、独り寂《さび》しく暮らしている。

若い辻村はその若さゆえに浪人の境遇を嘆き、内職の腕ばかりが上達していくことを思い悩んでいる。

そして互いに心のうさを晴らすところとてなく、このようなことを言い合って暮らしているのであろう。

松田新兵衛の目には、それが頬笑《ほほえ》ましく映《うつ》った。

「いずれにせよ、浪人の身で暮らせていることは互いに結構なことだ」

新兵衛はそう言って、辻村と水原の会話を終わらせると、

「それで、相川殿はどうだ。張り切っているのかな」

辻村が渡してくれた手拭いで体についた雨水を払いながら問うた。

「ああ、そうでした……。いや、ありがたい、ありがたいと申されて、嬉しそうになされておいでででござりました。真に松田先生には、頭が下がります……」

肝心《かんじん》なことを忘れていたとばかりに、辻村は新兵衛に恭《うやうや》しく頭を下げた。

水原も北澤も神妙な面持《おもも》ちで少し畏《かしこ》まった。

「いや、某《それがし》には世話好きの友が一人いて、あれこれ口を利《き》いてくれただけのことでな……」

先日、剣友・秋月栄三郎は、神道無念流《しんとうむねん》剣術指南・箱上大学の倅《せがれ》・鈴之助の更生に一役買って以来、あれこれと大学の相談事を受けるようになっていた。

箱上道場の稽古《けいこ》を絶賛した岸裏伝兵衛の一言で、神道無念流の大師範・岡田十松から、同じ流派にいながら箱上大学のことをあまり知らなかったのは、

「恥ずべきことでござりましたな」

と言われ、岡田が己が道場・撃剣館《げきけんかん》で受け入れきれない入門志望者を回してくれたことによって、箱上道場はにわかに多数の門人を抱えることになった。

大学はこれによって師範代と雑務をこなしてくれる者が必要になり、秋月栄三郎に相談を持ちかけたのだが、栄三郎は時折新兵衛から話を聞いていた相川伊十

郎という浪人が神道無念流の遣《つか》い手であることを思い出した。

栄三郎は、相川たちがかつて起こした〝宝のありか〟を巡《めぐ》っての一件で新兵衛に協力はしたものの、相川を始め浪人たちとは顔を合わせていなかったのだが、新兵衛に話をした上で会ってみると、金奉行配下で同心の筆頭を務めていただけのことがあって、なかなかの人物だと見た。早速《さっそく》箱上大学に引き合わせ、あとはとんとん拍子《びょうし》に話が決まって、相川は道場に隣接する武具庫を改築して出来た長屋に住まいを移し、日々道場での暮らしに励んでいたのである。

新兵衛は箱上道場とは行き来がなかったゆえに、すべてを栄三郎に託していたし、その後も道場に顔を出して相川に会うことはしなかった。

会えば、自分の前科を知りながらこのような働き口を世話してくれたことについて、相川は新兵衛の手をとらんばかりに礼を言うであろう。

そのような場に身を置くことが苦手な新兵衛なのである。

とはいうものの、さぞかし相川伊十郎は新しい暮らしに燃え立つように励んでいるであろう、その様子を聞いておきたかったゆえにこの家を雨宿りの場に選んだのだが、

「若い時に励んだことは役に立つものだと、相川殿は申されておりました。某

も、もっとしっかり剣術でも学問でも修めておくべきであったと思われてなりません……」

辻村由次郎が感じ入れば、

「この一年の間あの御仁は、四十になろうというのにまた剣術をやり直さんとして励んでいた……。それゆえ、喜びも一入《ひとしお》であったと思われまする」

水原半之丞もつくづくと言った。

二人のその言葉からは張り切る相川伊十郎の姿がありありと浮かんできて、新兵衛は、

「それならばよかった。真によかった……」

と満足そうに頷いた。

ところがそこで、先ほどから一人黙りこくっていた北澤直人がなんとも暗い表情を浮かべて、

「そのことについて、少し気になることがあるのですが……」

眉《まゆ》をひそめながらぽつりと言った。

「気になること？」

辻村が怪訝《けげん》な顔で北澤を見た。

「相川殿のことか」

「ああ、そうだ。ちょうど松田先生もおいでのことゆえお聞き願いたいのですが、先日、箱上道場へ相川殿をお訪ねしたところ……」

「箱上道場へ行った？　なぜおれに声をかけなかったのだ」

「いや、おぬしは箱作りが忙しいゆえ、箱上道場どころではないと思って……」

「おれは内職に一生を捧《ささ》げるつもりはない！」

「これ辻村、まず北澤の話を聞こうではないか」

水原は嚙《か》みつく辻村を宥《なだ》めて、新兵衛に聞いてやってもらえるようにと目で訴えた。

「その折に何か話をしたのか？」

新兵衛が落ち着いた声で北澤に問いかけた。

「はい、稽古の合間に近くのそば屋で馳走《ちそう》になりまして。いや、その時わたしは、余計なことを口走ってしまいまして……」

北澤は座り直して、新兵衛の方へとその身を向けた。

外降る雨は止《や》む気配がなくますます本降りとなって、ばたばたと表の庇《ひさし》を叩《たた》き始めた。

二

「いや、松田先生にお訪ね頂いて、某の株も上がり申した。真に忝《かたじけの》うござる」

「役に立てたなら何よりでござった」

「北澤直人に会われたのでござるか」

「さすがは相川先生だ。察しが早い」

「貴殿に先生と言われると、何やらこそばゆうござる」

「互いに剣を持って生きる身でござる。先生と呼ばせてもらおう」

「畏《おそ》れ入りまする……」

「皆、先生のことを案じていた。それでこの松田新兵衛に訪ねてみてもらいたいと……」

「左様《さよう》でござったか。松田先生に問われたならば、語らぬわけには参りませぬな」

　松田新兵衛は、辻村由次郎と北澤直人が暮らす浪宅で雨宿りをした翌日、昼を過ぎてから神田佐久間町の箱上道場を訪ね、師範・箱上大学に請《こ》われるままに門人相手に稽古をつけた。

相川伊十郎を訪ねてきた松田新兵衛という剣客《けんかく》が、近頃大学が敬《うやま》う岸裏伝兵衛の門人だと聞いて是非にと願ったのであるが、その圧倒的な強さに瞠目《どうもく》した。

相川は秋月栄三郎の口利きでこの道場の師範代兼用人となったわけであるが、これほどの腕を持つ松田新兵衛のような剣客とも交流があるとわかって、大学が相川を見る目がさらに変わったのは間違いない。

稽古が終わった後、相川は新兵衛を近くの居酒屋に誘いこれを謝したが、新兵衛の来訪の意味が先日の北澤直人の訪問に由来していることは薄々わかっていたのである。

「下らぬことを言ったと北澤直人は申しておった」

「いや、黙っていた某がいけなかったのでござる……」

北澤直人が先日余計なことを口走ったと言ったのは、

「これで相川殿も、別れたご妻子と共に暮らせる日も近《ちこ》うござりまするな」

という何げない一言であった。

「ふッ、そんな日が来るはずもない。そもそもおれは、妻とただ別れて暮らしているわけではないのだ。離縁したのだからな……」

と、吐き捨てるように言うと、その後は不機嫌に黙りこくってしまった。

日頃穏やかで滅多と不機嫌を人に見せない相川の様子が珍しく、北澤は相川の妻子に何か変事があったのではないかと見たのであった。

「やはり、そういうことなのかな……」

それ以上は何も訊《き》けぬまま相川と別れたという北澤に代わって、新兵衛は相川に訊《たず》ねた。

「別れた妻は亡くなりました……」

相川はぽつりと答えた。

「亡くなられた……」

新兵衛はじっと相川の表情を窺《うかが》った。

「思えば哀《かな》しい女でござった」

相川は大きな溜息《ためいき》をついた。

相川伊十郎の別れた妻は富枝《とみえ》といって、母方の遠縁にあたる御家人の娘であった。

微禄の小普請《こぶしん》の家に生まれた富枝であったが、容姿端麗《ようしたんれい》で子供の頃から周りの注目を集める存在であった。

いる。

それが富枝にとって災いしたのかもしれぬ。

富枝はいったいどこに嫁ぎ、誰の妻になるのか、周囲の者は皆噂《うわさ》したくらいであるから、自然と富枝の気位《きぐらい》というものも高くなる。

といって、武士の婚姻《こんいん》というものは同じような家格の家に嫁ぐことに決まっている。

少しばかり器量が好いからといって、飛躍的に大身《たいしん》の武士の許《もと》に嫁ぐことなど滅多にない。

結局、相川伊十郎という金奉行配下の同心を務める者の許へ嫁いだのであるが、あろうことか夫である相川伊十郎は、不祥事の責めを負《お》わされ浪人の身となってしまった。

相川は文武に秀《ひい》でた男ゆえに、そのうち何とかなるであろうと思ったものの、一旦禄を失った者の再仕官は容易ではない。

いたずらに時ばかりが流れ、娘一人を抱え困窮《こんきゅう》にあえぐ日々が続いた。

そうなると、夫婦の間にも隙間風《すきまかぜ》が吹き始めることになる。

その器量を噂された富枝にとっては堪《こら》えがたい毎日であったのだろう、娘の養育のこともあり夫への愚痴《ぐち》が知らず知らずのうちに出て、誰よりも辛《つら》い思いをしている相川もこれが苦痛となり、富枝を怒鳴りつける日数も増えていった。

「それならばいっそ、わたくしを離縁してくださりませ……」

富枝が堪《たま》りかねて口から出した言葉に、相川は、

「お前がそれを望むならば、思う通りにしてやろう……」

そう言い放ち、方々から金を掻《か》き集め、これを富枝に渡して娘と共に実家へ戻した。

それが三年前のことであった。

一人娘の菊栄《きくえ》はこの時、十三歳になっていた。

あるいはこれが息子であったならば、少々の苦労をさせようが自分の跡取りであるゆえに手許《てもと》に置いたかもしれないが、娘となれば富枝と共に実家へ戻した方が好いと思ったし、富枝もまた連れていくことを強く望んだのであった。

「勝手にしろ……」

そんな自棄《やけ》くそな想いもあった。

そして別れて二年がたって、富枝は菊栄を連れて再嫁《さいか》した。

相手は四十俵《ぴょう》取りの小普請・瀧本《たきもと》喜十郎《きじゅうろう》——齢《よわい》五十にして、喜之助《よしのすけ》という嫡男《ちゃくなん》がいる。つまり後添《のちぞ》いに入ったわけである。

気乗りのしない縁組であったが富枝の実家も貧乏御家人で、すでに弟の代となり、出戻りの姉とその娘をいつまでも置いておく余裕もなかった。

当然居心地《いごこち》が悪くなり、半ば追い出される形で決められた縁談であった。

瀧本家とて微禄の御家人、今さら連れ子共々後添いを迎えるほどの余裕はなかったのであるが、三十半ばになったとはいえ、いまだ容色衰《おとろ》えぬ富枝ゆえに是非にと望んだのである。

「そうして富枝はまた嫁いだのでござるが、この瀧本の家というのがとんでもないところであったようにて……。倅の喜之助というのは本所入江《いりえ》町辺りで破落戸《ならずもの》の親分のようになって暮らしていて、家にあるものは借財ばかり。喜十郎というのもいい加減な男でござってな、富枝を望んで後添いに迎えたもののそれもすぐに飽《あ》きてしまったか、半年もすればろくに口を利くこともなく、怪しげな書画骨《こっ》董《とう》の売り買いに手を染め、僅《わず》かでも金が入れば遊び呆《ほう》ける――そんな暮らしを送っているとか」

相川は溜息混じりにその後の富枝と菊栄の動向を語った。

別れた妻子のことなどどうでもよいことであったし、それを探るのは未練に思えたが、菊栄は自分の血を分けた娘である。どうにも気になって、人を介《かい》してあ

れこれ訊いてもらったのだが、

「その後すぐに富枝は病に臥《ふ》せるようになったそうでござる。あれこれ心労がたたったのかもしれませぬな……」

そしてこのような荒れた屋敷での闘病が好転するはずもなかった。

富枝はやがて帰らぬ人となった──。

相川が次に別れた妻の噂を聞いたのはその事実であった。

自ら離縁を願い出たとはいえ、話を聞けば富枝の末路は哀れであった。さらに何よりも気になったのは、一人取り残された菊栄である。

富枝の実家の方も、今は瀧本家の娘であるとして別段菊栄の身を案じる素振《そぶ》りも見せず、瀧本家でも相変わらず菊栄を娘として屋敷で養育しているとのことであった。

「だが、某はどうも気になって仕方がなかった……」

「それはそうだ。親としては当たり前のことだ」

新兵衛は相槌《あいづち》を打った。

義父はいい加減な男で、義兄は破落戸の親分とくれば尚《なお》さらのことである。

「それで、娘御の様子を見に行かれたのか」

「まず、兄である瀧本喜之助の様子を見ようと……」

「なるほど……」

今は一介《いっかい》の浪人である相川伊十郎が、微禄の小普請組とはいえ将軍家直参《じきさん》の瀧本屋敷へ菊栄を訪ねるわけにもいくまい。ましてや、富枝の前夫ともなればますます訪ねづらい。

喜之助という男の様子を窺い、まずその人となりを見極《みきわ》めようと思ったのだ。

町場に出て暴れているといっても若い頃にはよくあることで、親の跡を継《つ》ぐ前の無聊《ぶりよう》を慰《なぐさ》めんとしてのことであれば、やがてその時の経験が役に立ち、立派な武士として成長する場合もある。

また、そういう乱暴者ほど根は純情で愛すべき男であることも多い。

喜之助がそういう男であれば、実の父親であることをそっと告げて、

「菊栄のことを何卒《なにとぞ》よしなに……」

と、頭を下げるつもりであった。

真の男ならば相川の気持ちを察し、胸を叩き、そっと菊栄のことをその後も報《しら》せてくれるような優しさを見せてくれるであろう。

相川はそう思ったのである。

「だが、そこと様子を窺うに、そのような男気のある暴れ者ではなかったわけか……」

「いかにも……」

新兵衛の言葉に、相川は無念そうに頷いた。

先日のこと――。

相川は編笠《あみがさ》を被《かぶ》り、箱上道場の稽古の合間を見計らって本所へと出かけた。目指すは横《よこ》川沿いの入江町である。

盛り場の茶屋や酒場でそれとなく、

「この辺りには瀧本喜之助とか申す暴れ者がいて、随分《ずいぶん》と名を挙げているようだが、やはり気をつけた方がよいか」

などと訊ねてみたが、その度《たび》に返ってくる答えは、

「はい、くれぐれもお気をつけなされませ……」

というものであり、それ以上の言葉を発しないのはとにかく関わり合いたくないとの気持ちの表れであると思われた。

暴れ者でも義俠《ぎきよう》に富む若い男なら、困ったお人だと言いながらも、語る者の表情にほのぼのとした笑《え》みのひとつも浮かぶものである。

「あれがその、瀧本の旦那《だんな》ですぜ……」

やがて道端で呼び止めて一杯求めた濁《にご》り酒売りが、乗りつけた駕籠《かご》を出て近くの料理屋へ入る着流しの若侍を指した。頬骨《ほおぼね》が高く眉が太い、なかなかに偉丈夫でいかにも屈強そうな外見であった。

「邪魔だ、道をあけやがれ！」

処《ところ》のやくざ者らしき男が乾分《こぶん》を数人従え店から出てきて喜之助を迎えると、道行く者たちを傍若無人《ぼうじゃくぶじん》に追い散らした。

喜之助はこ奴《やつ》らを己が乾分にしているのであろう。

「ご苦労だな……」

と薄ら笑いを浮かべて連中を見廻《みまわ》して、

「妹に、何かうめえものでも食わしてやってくれ」

と、遅れて着いた駕籠を見て顎《あご》をしゃくった。

「へいへい、お姫《ひ》ィさまのおなりだ……」

やくざ者たちは駕籠の覆《おお》いをあげてかしずくように若い娘を駕籠から降ろし、料理屋の中へと連れていった。

「菊栄……」

その一瞬の間に相川の目に留まったのは、紛《まご》うことなき娘の菊栄であった。下級武士の娘のこととて絢爛《けんらん》とまではいかないが、撫子《なでしこ》色の縞縮緬《しまちりめん》の着物姿はなかなか見栄《みば》えのするもので、少しばかりつんとして野郎どもにかしずかれて歩く姿には驕《おご》った風が見えて、それが皮肉にも菊栄の黒目がちの美貌《びぼう》を際立たせていた。

喜之助の様子を見に来て、好運にもその人となりがわかる場に出くわせた。その上に菊栄の姿までも目にすることができたのは、真に神仏の引き合わせかとも思えるが、相川は何とも不快な気分に見舞われたのである。

喜之助は自分の期待に反する、破落戸の頭目としかいえぬ男であった。これでは菊栄のことを頼むなどと、とても言えることではない。

ところが、その喜之助が菊栄を、

「妹……」

と言って連れ回しているではないか。やくざ紛《まが》いの若侍について駕籠で料理屋へ乗りつけ出入りするとは、うら若き武家娘のするべきことではない。

心配していた菊栄は不良の義兄とよろしくやっているということなのであろうか。そうだとすればますます心配になってくる……。

「とはいえ、義理の兄と仲ようしているならば言うことはなし、これはいったいどうすればよいものか……。某にはまったくわからぬようになってきたのでござるよ……」

相川は苦しい胸の内を新兵衛に吐露した。

たとえやくざな義兄に飼い慣らされて悪銭《あくせん》での贅沢《ぜいたく》を覚え、その身を悪所へ沈めていったとしても、それは菊栄自身の歩む道であり、一旦縁を切った者がどうこう言うことではない。

だが、純真無垢《むく》で、相川伊十郎を敬愛して止まなかった子供の頃の菊栄の姿が目に浮かんで離れないのだ。

「菊栄、お前の婿《むこ》はこの父が選んでやるぞ。日《ひ》の本《もと》一の婿を見つけてやるゆえ、お前は心安らかに日々を送り、優しい女子《おなご》になるのだぞ……」

相川がそう言うと、幼い頃の菊栄は美しく澄んだ双眸《そうぼう》で父を見つめて、

「きくはむこなどいりませぬ。ずうっと父上のおそばにおいてくださるなら、しあわせにございます……」

と決まって応えたものだ。

その時のことを思い出すと、なんともやるせないのである。

「菊栄殿はいくつになられる……」

新兵衛は静かに問うた。

「十六でござる」

唸《うな》るような声で相川が応えた。

「今が大事な年頃の娘を盛り場に連れ回し、破落戸どもにかしずかせるとは怪《け》しからぬ振舞だ。それで妹をかわいがっているなどとは言わせぬ。瀧本喜之助は何か企《たくら》んでいるに違いない。相川先生、これは何としても娘御を守ってやらねばなりませぬぞ」

「左様に思われるか」

正義を貫《つらぬ》かんとする松田新兵衛に言われて、相川は興奮気味に問い返した。

「いかにも」

新兵衛はしっかりと頷いた。

その時、彼の威風が、相川伊十郎の胸の内にたちこめていた靄《もや》を見事に吹きとばした。

三

それから数日が経《た》って——。

三十間堀四丁目の辻村由次郎と北澤直人が暮らす浪宅に、かつての金奉行配下の同心として共に勤めた四人の浪人が顔を揃《そろ》えた。

辻村、北澤の他二人が、相川伊十郎と水原半之丞であることは言うまでもない。

さらに、今日はこの四人の他に、彼らが頼りとする二人の武士がいる。

松田新兵衛と、新兵衛から話を持ちかけられてやってきた秋月栄三郎である。

相川伊十郎の屈託は、新兵衛によってすぐに辻村、北澤、水原の三人に伝えられた。

それを聞いた三人は、何としても菊栄を悪所から救い出さねばと燃えあがった。

三人は同僚であった相川の愛娘《まなむすめ》とは、菊栄がまだ幼い頃に一、二度会っていた。

あの純情無垢であった美しい娘は、辻村にも北澤にも水原にも、愛らしい笑顔をふりまいてくれたものだ。

三人は我も我もと相川に、頼りなき身であるが何かの役に立たせてもらいたいと願い出て、相川もまた三人の友情に大いに心を打たれたのであった。

間に入った松田新兵衛もまた、四人の想いには心を打たれた。

理不尽な宮仕《みやづか》えの仕儀をまともに蒙《こうむ》り、浪人することを余儀なくされ、様々な屈辱と懊悩《おうのう》を重ねて生きてきた四人が、あれこれ愚痴や文句を言い合いながらも身を寄せ合う姿を見ていると、秋月栄三郎、陣馬七郎といったかつての剣友との友情を確かめ合って生きる自分の姿と重なり合って、言い知れぬ感動を覚えたのである。

とはいえ、以前〝宝のありか〟を求めて繰り広げた四人の迷走ぶりを思い出すと、何をしでかすかわからない——新兵衛は早速、こういう時は誰よりも頼りになる秋月栄三郎に登場を請うたのである。

日頃は松田新兵衛の腕力を頼り、やたらと担《かつ》ぎ出す栄三郎のことである。銭金《ぜにかね》抜きに剣友からの頼みを二つ返事で引き受けたが、

「新兵衛、お前も知らず知らずのうちに大した世話焼き男になったものだな」

と、いつものごとく、ちょっとばかり冷やかすことは忘れなかった。

「うむ、それは確かに……。いや、だがこれもみな、栄三郎、おぬしのせいだぞ」

言われてみればその通りだと思いつつ、新兵衛もまた、いつものように少し怒ったように応えると、

「おれのような〝取次屋〟が生意気なことを言うようだが、このことで四人がこの先の生き方に手応えを覚えてくれるとよいな」

栄三郎は重ねてそう言って、自分が策を練《ね》るのは好いが、あくまで四人の純情浪人が力を合わせて菊栄の危急を救うべきだと思いを馳《は》せながら、今日の日を迎えたのである。

相川伊十郎以外の三人は、秋月栄三郎と会うのは今日が初めてで、辻村、北澤、水原共に、質実剛健《しつじつごうけん》にして正義に厚い、あの松田新兵衛が頼りに思う男とはどのような切れ者かと緊張したが、二言三言《ふたことみこと》喋ればもう辺りに笑いが漂《ただよ》う栄三郎の様子にすぐに打ち解け、その話に聞き入った。

「瀧本喜之助のことについては早速あれこれと調べさせてもらいましたがねえ、こいつは思った以上の悪党ですよ……」

栄三郎は浪宅の二階の、主に北澤が使っている畳の一間に新兵衛と共に通されたのであるが、四人と車座になるやまず喜之助のことについて語り始めた。

これは竹河岸の目明かし、竹屋の茂兵衛《もへえ》から仕入れた情報である。

少し前に茂兵衛から、自分の縄張り内の商家の娘が旗本屋敷へ行儀見習いのための奥勤めをしたいと言っているのだが、どこか心当たりはないかと相談を持ちかけられ、栄三郎はきっちりと旗本屋敷へと取り次いだ。

それゆえに頼み事をしやすかったのだ。

茂兵衛は早速、柳島《やなぎしま》の伝八《でんぱち》という本所界隈《かいわい》を縄張りにしている目明かしに問い合わせてくれた。

「瀧本喜之助か……。どうしようもねえ悪党だなあ。あまり関わり合いにならねえ方がいいと思うぜ……」

その名を聞くや、伝八は冷ややかに答えたという。

「喜之助は、入江町界隈で近頃顔を売る横川の小平次《こへいじ》というやくざ者とつるんでいるとか。この小平次って野郎は、小ゆすりかたりぶったくり……。悪いことはひと通りこなすというから、喜之助の素行も推《お》して知るべしというところでしょうねえ」

喜之助は、小平次とその乾分たちが悪事を起こすと町方の踏み入れない屋敷内に匿《かくま》ったり、他のやくざ者と揉《も》めた時は、その腕っ節の強さを大いに発揮しているようだと栄三郎は言った。

「おそらく、一人や二人は斬り殺しているでしょうな……」

相川伊十郎はその言葉にますます不安を募《つの》らせて、

「瀧本喜之助は、何ゆえ菊栄を町場に連れ回しているのでござろう」

と、思い詰めたような眼差《まなざ》しを栄三郎に向けた。

「さて、そこのところがまだはっきりしませんが、義理の妹をただかわいがって連れて歩いているとは思えませぬな」

「そうでござろうな……」

「だが、それで幸いですよ。かわいがって連れ回している方が性質《たち》が悪い。何か企んでいればこそ、つけ入る隙があるというものですからね」

「なるほど、いかにも左様でござるな」

辻村由次郎が大きな相槌を打った。北澤もそうであるが、この男は二十歳になったばかりで出仕してすぐに浪人となったので、謀《はかりごと》や計略といった事に疎《うと》く、何かというと感じ入る。

素直といえばそうとも言えるが、悪巧みには策略を用いて当たらねばならないというのに、少しばかり先が思いやられる。

生真面目な松田新兵衛は、栄三郎に厄介《やっかい》なことを頼んでしまったかもしれぬと内心ほぞをかんだが、栄三郎は手習い子を諭《さと》すように辻村や北澤に頬笑みながら淡々と語った。

「ただひとつわかったのは、菊栄殿を二度ばかり、緑屋三左衛門《みどりやさんざえもん》との宴席《えんせき》に連れていったということです」

「緑屋三左衛門……」

再び相川が問い返した。

「やくざな金貸しですよ……」

三左衛門は本所緑《みどり》町五丁目に住まいを構える五十絡《がら》みの男で、阿漕《あこぎ》な金貸しで通っている。

阿漕とわかっているならば借りねばよいというものであるが、貸し渋りのないのが身上で、どんな者にでも金を貸す思いっ切りのよさで身代《しんだい》を大きくしていた。

だがそれは、

「何としてでも貸した金は取り戻す」

という強い意志があるからできることで、瀧本喜之助と横川の小平次が時にその取り立てに当たっているようなのだ。

「つまり、緑屋三左衛門は喜之助にとっては大事な得意先というわけで、これをもてなすのに妹まで連れていったのではなかったかと……」

相川のこめかみがぴくりと動いた。

「つまり、菊栄を芸者代わりにしていると……」

「わたしはそう思いますね」

栄三郎は落ち着いて応えた。

柳島の伝八の情報では、緑屋三左衛門は漁色家で、すでに妾《めかけ》を方々で囲っているという。

栄三郎はこの情報を聞いた折、念のため又平を緑町に遣《や》って三左衛門の噂を集めさせたが、

「まあ、相当の女好きで、妾の数も五人を下ることはねえそうで。もう五十になろうってえのに大した元気だと、近くの者たちは口を揃えて言っておりやした……」

との報告が戻ってきた。

「なるほど……。それで、菊栄を着飾らせて駕籠に乗せ、金貸しの慰み者にしようとしていたと……」

「まず緑屋三左衛門が気に入るかどうかを確かめたかったのでは……」

「うむ……、おのれ……」

「許せぬ！　何と薄汚い奴だ。武士の風上にもおけぬ！」

相川より早く怒りを爆発させたのは松田新兵衛であった。

「栄三郎、かくなるうえは、急ぎ菊栄殿を鬼の栖《すみか》から救い出さねばなるまい」

「新兵衛、お前がいきり立って何とする。下手に動いて妹をかわいがることの何が悪い……、などと開き直りやがったら、たかだか四十俵か五十俵くらいの御家人でも御直参だ、面倒なことになるぞ」

「うむ、それはそうだが……」

新兵衛は、辻村由次郎のことを笑ってはおれぬと決まり悪そうに言葉を濁した。

「だが、悠長《ゆうちょう》なことも言ってはおられますまい。菊栄殿の大切な操《みさお》に関わることですからね」

北澤が続けた。

黙っておられぬのは水原も辻村も同じで、それぞれが怒りを浮かべて身を乗り出した。

「まず待たれよ……」

栄三郎は、新兵衛も含めてここにいる純なる浪人たちを、美しい物を愛《め》でるような目で見廻して宥めた。

「確かに菊栄殿の操には危機が迫っているやもしれぬが、わたしが見たところでは、たとえ金貸しの慰み者にしようとしていたとて自分の妹だと公言している上からは、喜之助はそう易々《やすやす》と菊栄殿を相手に渡したりはしますまい」

「そうだとよいが……」

相川は自分に言い聞かせるようにして心を落ち着けた。

「金貸しが女好きだというなら、できるだけ焦らして、物の値を吊《つ》り上げようとするに違いない」

「菊栄殿を物にたとえるのはいかがなものかと思いまするが……」

辻村が分別《ふんべつ》くさい声をあげたが、

〝黙っていろ小太り、言葉の綾《あや》だろう！〟

という怒りが籠《こ》もった栄三郎の一瞥《いちべつ》を受けて、

「まあ、そのようなことも考える男なのでしょうねえ……」

もっともだという顔を作って何度も頷いてみせた。

その様子がどうにもおかしく、一同はふっと笑った。

どんな時でも、笑いは人の緊張や興奮を鎮める最良の薬である。

その機を逃さず栄三郎は、

「何よりも恐ろしいのは、まだ十六で世の中の荒波にもまれ、貧しくともちょっとした工夫次第で楽しい毎日を送れるってことを知らぬままに、菊栄殿が喜之助の物の考え方に染められてしまうことではないですかねえ」

と、語気を強めて言った。

一同はこの言葉にはっとした。

どれだけ自分たちが菊栄の操を守ろうとしたとて、菊栄自身が生きていくことに自棄を起こしていたのではどうしようもないのだ。

荒《すさ》んだ心の内には悪党の甘言がしっくりとくる、確かにそれが何よりも恐ろしい。

「ここは菊栄殿の心がまだまだ汚れていないことを信じましょう。その上で、力を合わせて悪党退治と参りましょう。方々、よろしゅうござるな……」

相川を囲んで、水原、辻村、北澤がしっかりと威儀を正した。


さてその頃、本所北割下水《きたわりげすい》にある御家人・瀧本喜十郎の屋敷の奥の部屋では、不良息子の喜之助が菊栄に満面の笑みを湛《たた》えて語っていた。

「どうだ菊栄、武家の娘などくそくらえだと、このおれといれば思うだろう。ちょっと外へ出てうめえ物を食おうと思っても、なかなか外出《そとで》さえできねえのが世の武家の女だが、こんなぼろ屋敷にいたって気が滅入《めい》るだけだ。お前、そう思わないかい」

何千石《ごく》の御屋敷で侍女にかしずかれて暮らすならいざしらず、一生うだつのあがらない四十俵取りの小普請の娘でいたとて、この先どんな幸せが待っているのだ。

同じような家格の武士と所帯を持ったとしても、結局は貧乏にひいひい言いながら、馬鹿な子供のあるはずもない出世を望みながら老いさらばえていくだけではないか。

そこへいくと町での暮らしは活気にあふれている。

「お前は死んだお袋の実家《さと》で邪魔にされて、追い出されるようにこの屋敷にやってきたが、それがかえって幸せってもんだ。おれみてえに話のわかる兄貴がいたんだからよう……」

菊栄は喜之助の話に、〝ええ〟〝まあ〟〝はい〟などと所々でにこやかな表情で相槌を打つばかりであった。

母・富枝が父・相川伊十郎に離縁を迫り実家へ帰ったものの、そこでの暮らしはまるで窮屈《きゆうくつ》なもので、何かというと邪魔にされた。

そこで学んだことは、どんな時でもにこやかにして、〝ええ〟〝まあ〟〝はい〟を繰り返しておくと無難であるという処世術であったのだが、貧乏侍の家で暮らす女ほど悲惨なものはないと力説する喜之助の言葉には確かに頷ける。

今思えば、禄を失った父・相川伊十郎と、それでも苦労を厭《いと》わず一緒に生きていくことを、なぜ母・富枝は選ばなかったのであろうか。

僅かな禄と、形ばかりは将軍家直参であるという体面に縛《しば》られ生きていくよりも、町場での暮らしは自由で刺激的で、浪人とはいえ物の考え方ひとつで富を生むことも夢ではない。

僅かでも禄を食んでいることがよくて、町に出て武士が暮らすことがいけないと、誰が決めたのであろうか。

菊栄にとって、かつての父・相川伊十郎が浪人となって後に過ごした町の仕舞《しもた》屋《や》での三年間は、決して嫌な日々ではなかった。

それゆえに、母・富枝が死んだ後、外へ連れ出してくれた喜之助に悪い想いはない。

派手に飲み食いをさせてもらった上に、町のやくざ者たちが、

「お姫ィさま……」

などと調子好く自分を呼んで奉《たてまつ》ってくれて、物見遊山《ゆさん》に出かけたかのような気分であった。

それはかつて町場で見かけた風情《ふぜい》で、母の死の悲しみから早く立ち直りたかった菊栄の屈託を一時忘れさせてくれた。

だが、ろくに屋敷にいたことがなく、言葉とて交《か》わしたことさえほとんどなかった義兄の喜之助が、ただ妹かわいさに自分を町で遊ばせてくれているかといえばどうも疑わしい。

まだ齢十六といえど菊栄とてもう子供ではない。宴席で二度付き合わされた五十絡みの金貸しが、何とも言えぬ嫌な視線を向けてくることくらいは肌でわか

る。

そして何かというと、貧乏侍などはくそくらえだ、町場でそれなりの金を持って暮らすことこそがお前の幸せだと自分に話しかけてくる喜之助の言《げん》から見ると、喜之助はあの金貸しのものになれと自分に因果を含めているのであろうか――。

そう思うと怖気《おぞけ》立った。

あの金貸しは生みの親・相川伊十郎よりもはるかに年長で、この家の主・喜十郎と同じくらいの老境に入った男ではないか。

家が没落して身売りを余儀なくされた武家娘がいることなど、何も珍しくない時世であることは知っている。

「あなたにそのような憂《う》き目は見せたくありません。それゆえに私は再嫁することにしたのです」

母の富枝はそう言った。

皮肉なことに、再嫁したがために娘の自分は身を売らねばならないのか――。

それならば、自分はあまりに不幸せである。

嘆く想いに自《おの》ずと涙があふれてくるが、身を売るといっても女郎に身を落とすわけではない。

それも天下御直参の娘であるという値打ちからのことか——母の再嫁はその意味では意義があったのかもしれない。

日々、義兄のわけのわからぬ理屈を聞かされるうちに、菊栄の頭の中も混乱してきた。

金を摑《つか》んで町場に生きる方が、貧乏侍の妻となって暮らすよりはるかにお前にとっては幸せだと喜之助は説く。

しかし、義兄が富枝の死によって邪魔になった菊栄を売って、自分もまた金を得ようと、邪《よこしま》な想いを巡らせているのは確かである。

仮にも将軍家から禄を食む者が、家の娘をそのような町のやくざ者に売りとばしたりできるものなのかという疑問はある。

「とはいえ、私に何ができましょう……」

武家の娘は、親に従い、夫に従い、老いては子に従うのが運命である。

それを自力で覆《くつがえ》すには、十六の身はあまりにも頼りなかった。

今、菊栄の中にあるのは諦《あきら》めだけである。義兄の放埒《ほうらつ》をこのまま義父が許すなら、いつかこの瀧本家は滅びゆくであろう——諦めだけが菊栄の心を静めてくれていた。

そして喜之助の企みは、その菊栄の諦めの上に進められていた。

菊栄に今日もまた〝女の幸せ〟を説いた後、喜之助は父・喜十郎を訪ねた。

「喜之助にござりまする……」

放蕩《ほうとう》息子ではあるが、武家の作法に則《のっと》り敷居越しに礼をする。この辺りはなかなか巧みで、父親との関わりをきっちりとしながら悪巧みを進めるための方便ともいえる。

「入れ……」

喜十郎は息子を部屋へ入れた。

どこで見つけてきたのか知らないが、小ぶりの茶壺《ちゃつぼ》を目の前に置いて眺めている。

大方、ご大層な陶工が作ったとされる物の贋作《がんさく》といったところであろう。誰に売りつけようとしているのかわからぬが、倅に負けず劣らず怪しい男である。

「先般申し上げたところのことでござりまするが……」

喜之助は上目遣《うわめづか》いで喜十郎を見た。

「そのことか……。お前はまったくろくなことを思いつかぬ……」

やれやれといった様子で、喜十郎は息子の顔をまじまじと見た。

「とは申されますが、父上とて手付の金の二十両をすでにお収めになられた上からは、後にも引けますまい……」

喜之助はニヤリと笑った。

「わかっておる。万事お前の思うようにするが好い」

「では、願いの儀は……」

「手配は任せておけ。だが、厄介を背負い込むのはご免だぞ」

「厄介どころか、この先当家にとっての好い縁組となりましょう」

「どうでもよい。あとの三十両の金子《きんす》はいつになる」

「十日の内には……」

「わかった。あまり町場で目立つことをするなよ」

「わかっておりまする……」

どうやらたわけた父子の間で、娘の売買に関する真に怪しからぬ談合がまとまったようである。

四

瀧本喜之助は緑屋三左衛門の愛妾《あいしょう》として義妹の菊栄を送り込み、この先の金《かね》蔓《づる》を確保しようと企んでいた。

菊栄は十六の生娘《きむすめ》にして容姿端麗――とくれば、時の権力者や重職に就《つ》く武士などにこれを送り込み、その縁戚として成り上がるくらいの野望を持つならばともかく、真に志《こころざし》の低い企みであった。

極道《ごくどう》息子の馬鹿な企みを黙認し、その金をあてにする瀧本喜十郎などは論外である。

喜之助の放埒を喜十郎が許すなら、瀧本家は滅びゆくであろう――菊栄の冷めた想いはまさにその通りにならんとしていたのである。

父・喜十郎との悪巧みが成立した二日後のこと。

喜之助は、本所石原町の件《くだん》の料理屋での緑屋三左衛門との宴席に、再び菊栄を同伴した。

三左衛門に菊栄を引き合わせるのは、これが三度目であった。

初見で三左衛門が気に入ったと見るや、

「菊栄は散々苦労をしてきた娘ゆえに、上げ膳、据《す》え膳、女中の二人にかしずかれて、贅沢な暮らしを送らせてやりたいと思うているのだ」

などと三左衛門に告げて、暗にお前の妾にしてやってもいいぞと匂わせ、三左衛門がその気になると、

「菊栄の想いもあろうゆえにな」

などとはぐらかし、二度三度と会わせて値を吊り上げようとしていたのである。

〝菊栄の想い〟も何もあったものではない。

菊栄が渋れば、無理矢理にでも三左衛門に想いを果たさせ、菊栄にふしだらをしでかしたゆえ成敗《せいばい》すると脅しつけてやるつもりの喜之助であるのだ。

「まず、二百両というところだな……」

それに月々の手当をふんだくってやればよい。

あれこれ算段を巡らせながら料理屋の前に駕籠をつけ、いつものように迎えに出た横川の小平次に菊栄を案内させようとした時であった。

「菊栄……」

今しも料理屋へ虚《うつ》ろな表情を浮かべて入らんとした菊栄を、一人の武士が呼び止めた。

思わぬことに、武士の方を見やった菊栄の目が驚きに見開いた。

無理もない。

武士というのは相川伊十郎――菊栄の生みの親であった。

「父上……」

と声を発していいものかどうかさえわからずに、じっと相川を見つめる菊栄であったが、

「何だ汝《うぬ》は……」

見つめ合う二人の視線の間に、早くも喜之助が割り込んでいた。

「相川伊十郎……。菊栄の生みの親だ……」

「ほう……」

父・喜十郎がその容色を好み後妻に迎えた富枝の前夫のことは、一通り聞かされていた喜之助であったが、まさかその男がここに現れるとは思いもよらなかった。

「今では素浪人の相川伊十郎殿でござったか。義絶した菊栄の前に何用あって参

られた……」

喜之助は相川を睨《にら》みつけた。元より卑《いや》しいこの男は、相川が、別れたものの美しく成長した菊栄が金の生《な》る木だと思い、父親面《づら》をしてここへ姿を現したと思ったのである。

「富枝を離縁したのは、菊栄が幸せになることを祈ってのことであった。それが、斯様《かよう》なやくざ者にかしずかれ、昼日中から盛り場に出入りする……。将軍家より禄を食む身が、決して許される所業ではなかろう」

「ふん。お役をしくじり浪々の身となり、妻子を捨てた男に偉そうな口を利かれる覚えはないわ」

喜之助はしっかりと菊栄に言い聞かせるように、相川に言い放った。

「某は、自分を振り返ってやましい覚えは何ひとつない。おぬしはそう言い切れるか。邪な想いを胸に菊栄を連れ回していることに、恥じる思いはないのか」

相川は一歩も退《ひ》かず喜之助にそう言い放つと菊栄を見た。

「黙れ！　浪人の分際で、直参のおれに無礼であろう」

言い返す喜之助に、

「問答無用だ。この相川伊十郎、必ず菊栄を腕ずくでも取り返してみせる」

相川は堂々たる物言いで、正々堂々、瀧本喜之助に喧嘩《けんか》を売った。

だが、この間も菊栄の表情は虚ろなまま、ただぼうっとして相川を見つめるばかりである。

「腕ずくだと……」

喜之助はたちまち気色《けしき》ばみ、思わず刀の柄《つか》に手をかけた。同時に小平次が乾分たちと共に前へ出て、手に手に得物《えもの》を取って身構えた。

「改めて見参しよう」

相川は蔑《さげす》むように喜之助を見て、静かに言った。

「おのれ、喧嘩を売っておいて逃げるか……」

喜之助はまだ若い。頭に血を昇らせて相川を睨みつけたが、

「武士の情けで申したまで。この相川伊十郎、おぬしが日頃相手にしているようなやくざ者とは違うぞ。刀を抜いて斬り合うことになるが、それでよいのか」

相川は周りを見廻して口許に笑みを浮かべた。

周囲にはいつしか人だかりが出来ていた。

日はまだ高い。ここで互いに名乗りをあげて斬り合いでもすれば、面倒なことになろう。

喜之助は心形刀流《しんぎょうとう》を修めて腕には覚えがあるが、それゆえに相川がそれなりに遣うことが物腰でわかる。挑発に乗って下手に斬り合えば、失う物が多いのは喜之助の方である。

思わず喜之助は柄から手を離した。

「菊栄、富枝の意志に沿ってお前とは別れたが、お前を思わぬ日はなかった。必ずお前を取り戻す。やくざ者たちに染められて、人としての尊厳を失うでないぞ……」

相川はそう言って菊栄に近付いたが、喜之助は小平次に命じて菊栄を料理屋の内へと連れていかせて、

「ふッ、ふッ、菊栄は我が家の娘だ。取り返せるものならいつでも来い。相手をしてやる」

今度は落ち着き払って言った。

「菊栄は我が家の娘だと……。笑止な……」

相川はそう言い捨てるとその場を立ち去った。

「おのれ……」

喜之助は歯嚙みした。

「なに、あんな素浪人、恐るるに足らずってところでさあ」

小平次が再び出てきて喜之助に追従《ついしょう》を言うと、足を止めて様子を見ていた連中を乱暴に追い払った。

しかし、それでも立ち去らぬ四人組の男たちがいて、そんな小平次を嘲笑《あざわら》って、

「旦那、こんな頼りねえ連中とつるんでいても仕方がありませんぜ」

と、喜之助を見て兄貴格の一人が言った。

「何でえお前らは……」

小平次はいきなり喧嘩を売られて、荒くれの乾分どもを従え、この四人と対峙《たいじ》した。

「あっしは近頃この辺りに流れて参りやした、半次郎《はんじろう》というけちな野郎でござんす」

半次郎と名乗る男は小平次を無視して、あくまでも喜之助に向かって小腰を屈《かが》め、他の三人もこれに倣った。

「おう、お前、頼りねえ連中とは誰のことだ」

小平次はますますいきりたった。

「お前のことに決まっているぜ。そんな風にいきがる前に、なぜ今の侍の後をつけて、野郎がどんな奴か探ろうとしねえんだ」

「そ、そりゃあ……」

小平次は言われてみればその通りだったと、言葉に詰まった。

「だから頼りねえと言ったんだ。瀧本の旦那、色々お噂はお聞きいたしやした。この先は、どうかあっしたちを贔屓《ひいき》にしてやっておくんなさいまし」

半次郎は頭を下げた。

この半次郎——実は相川伊十郎の友人・水原半之丞が渡世人に扮《ふん》した仮の姿である。相川の登場の後に現れて、喜之助の懐《ふところ》に入るという秋月栄三郎の策に従ってのことである。

幼い頃に数度とはいえ、水原は菊栄に会ったことがある。横川の小平次にとって代わるには、やはり渡世人姿に身をやつした方がよかろうということになったのだが、日頃寡黙でゆったりとした体つきの水原は、貫禄《かんろく》が表に出てなかなか様《さま》になっている。

それに比べて乾分役の辻村由次郎と北澤直人は渡世人に成りきるのに苦労をした。栄三郎が町人言葉を教えたものの覚えが悪く、

「うるせえ！」

「馬鹿野郎！」

「おう、すまねえな……」

この三つの言葉だけを稽古して、適当に織り交ぜるようにと指示されたので、今は水原に任せて黙っている。

「ふん、この横川の小平次にとって代わろうってえのかい。手前《てめえ》、なめるんじゃねえぞ！」

半次郎なる連中に興味を惹《ひ》かれたような様子の喜之助の表情を窺い見て、小平次は焦った。所詮《しょせん》やくざ者は腕っ節が命とばかり、乾分たちを呼び集めて勝負に出た。

小平次は角力《すもう》取り崩れで喧嘩には絶対の自信がある。目にものを見せてやると水原めがけてにじり寄った。

すると、水原率《ひき》いる乾分の三人目がひとり前へ出た。この頬被りをした大柄な男は松田新兵衛である。

町人姿にはかなり抵抗を示した新兵衛であったが、悪辣《あくらつ》な用心棒に扮しては剣客としての看板に傷がつくやもしれぬと言われ、渋々今を迎えたのだ。

「親分、こんな連中はあっしひとりでことが足りますぜ……」

新兵衛はやっと言い回しを覚えた台詞《せりふ》を発すると、

「やっちめえ！」

とばかりにかかってくる小平次たちを目にも留まらぬ早業《はやわざ》で殴《なぐ》りつけ、投げとばし、小平次の喉元《のどもと》に拳《こぶし》をつき入れ、その場に悶絶《もんぜつ》させた。

「馬鹿野郎！」

辻村と北澤は惚《ほ》れ惚《ぼ》れとして新兵衛の動きを眺めつつ、口々に三つのうちの一つの台詞をここぞとばかり叫んだ。

「やるじゃあねえか……」

喜之助は新兵衛の強さに瞠目しつつも恰好《かっこう》をつけて水原に言ったが、これほどまでに腕の立つ乾分を持つ半次郎が自分と誼《よしみ》を通じたいと思っていることに、内心興奮を覚えていた。

やくざ者とはいえ半次郎という男は落ち着いていて、知恵の方も小平次などとは比べものにもならぬほど兼ね備えているようだ。

「旦那、心配はいりやせん。さっきの生意気な浪人の後はあっしの乾分がつけておりやすから、すぐに化けの皮がはがれますぜ」

水原扮する半次郎は若い喜之助に考える間を与えず、次々と策を持ちかける。

「おい、まだお前を仲間にするとは言ってねえぜ」

喜之助は強がったものの、菊栄の生みの親が現れて、

「必ず菊栄を腕ずくでも取り返してみせる」

と言って去っていったのだ。強い助っ人の登場はありがたい。

「旦那、そんなつれねえことは言いっこなしですぜ。畏れながら、こんな連中よりあっしらの方がよほど役に立つってもんだ」

「まあ、それはお前の言う通りだな」

「今日のところは、お嬢様をひとまずお屋敷へお戻しした方がよろしいかと。なに、あっしらがお供いたします」

「よし、そうするか……」

「ヘッ、ヘッ、そうこなくっちゃあ……。おう！　お前らもついてきな！」

半次郎は道端に倒れていたのがようやく蘇生を始めた小平次たちを促《うなが》して、すっかりと自分の乾分にしてしまうと、

「新助《しんすけ》、お前はあの浪人に張りついていろ」

松田新兵衛扮する渡世人・新助をその場に残し、再び菊栄を乗せた駕籠を守っ

て本所北割下水へと向かった。

五

「喜之助、屋敷内におかしな連中が来ているようだが、何の騒ぎだ……」

いつものように怪しげな書画骨董を眺めながら瀧本喜十郎が顔をしかめた。

「いや、これには少しわけがございまして……」

喜之助は、かくなる上はと相川伊十郎の一件について報せた。

「なに、富枝の前の亭主か。それは怪しからぬな」

「はい。食いつめ浪人のことゆえ何をしでかすかわかりませぬ。奴の様子がわかるまでは念のため、屋敷内を固めておこうかと」

「それでお前の手下を集めたということか」

「はい。この屋敷には家来など一人もおりませぬゆえに」

「まあ、仕方がないが、まともな奴らか」

「まともな奴などいるはずがございますまい」

「さもあろうな……」

「しかし、腕は確かで頭も好い……。つまり損得勘定ができる連中でございまする」

「菊栄がおらねば金が動かぬことをわかっているわけだな」

「はい……」

「菊栄はどうしている」

「先ほどから因果を含めておりますが、何も話しませぬ」

「いきなり生みの親が出てきたのだ、無理もない。取り返されぬように気をつけろよ。すでに菊栄は不届きの段ありということで久離《きゅうり》としてある。もはや当家と縁が切れた者をどうしようが、相川の勝手であるゆえにな……」

「わかっておりまする……」

喜之助は苦々《にがにが》しき想いで喜十郎の前から下がった。

先日、喜之助が喜十郎に伺《うかが》いを立てていたのはこのことであった。瀧本家の娘を悪辣な金貸しに妾奉公させることは、いかな瀧本親子とて気が引けた。いつ何時、所業不届きと譴責《けんせき》を受けるか知れたものではないからである。

もちろん、取るに足らぬ貧乏御家人の娘のことなど誰が知るものでもないが、何かと事が運びやすければその方がよい。

しかし、喜十郎が支配にそれを届け出たことによって、当家の娘に近付くなとも言えなくなったのが現状である。

かくなる上は、とにかく緑屋三左衛門に菊栄を売り渡すことが先決で、その先相川伊十郎が緑屋から取り返そうが、そんなことは知ったことではない。三左衛門も大事な妾なら、身の回りに気をつけてやれば好いことなのだ。

とにかく今は、半次郎とかいうやくざ者の手を借りてでも菊栄を守り抜き、三左衛門への売り時を早めるしかなかった。

喜之助のこの事情を、秋月栄三郎はしっかりと読んでいた。

そんなこともあろうかと、旗本・永井勘解由の用人・深尾又五郎を通じて瀧本喜十郎の小普請支配に手を回し、追出し久離の届け出が喜十郎から出ているかどうか密《ひそ》かに調べ、これを確かめていたのである。

案の定、相川伊十郎の登場に喜之助は動揺した。そもそも屋敷にいないはずの菊栄を奪いに来られても、密かにこれを撃退するしかないのである。

そこへとにかく腕の立つ流れ者の半次郎が現れたとあれば、まだ若造の喜之助のことである、これを頼みに思わぬはずはない。

半次郎こと水原半之丞、由助《よしすけ》こと辻村由次郎、直助《なおすけ》こと北澤直人は渡世人に身をやつし、まんまと瀧本屋敷へと入ると、翌日には次々に相川伊十郎の情報を喜之助にもたらした。

今は神道無念流・箱上道場の師範代をしていて、隣接する長屋に住んでいること。師範代といってもさして腕が立つわけでもなく、用度をこなすためにいること。特に仲間を募っているわけではなく、取り戻すといったところで剣術道場に雇われたばかりの身では、揉め事は避けたいところではないか。

娘の噂を小耳に挟み、本所へ出かけたところ偶然にも出くわして、恰好をつけたのであろうと半次郎は言う。

喜之助はさすがにこれを鵜呑《うの》みにはせず、今は半次郎の乾分のようになっている小平次に耳打ちして箱上道場の存在を確かめさせたが、それも半次郎の言う通りで、

「旦那、手のこんだことをせずとも、あっしは嘘《うそ》はつきませんぜ……」

その上に、喜之助が小平次に確かめさせたことをも見破る半次郎に、ますます信頼を置くようになった。

この辺りの指示はみな、秋月栄三郎から出ていた。松田新兵衛扮する新助と繋《つな》ぎをとるために、時折屋敷の外へと出る直助こと北澤が、栄三郎とやりとりをし

ていたのである。

「いやいや、水原さんがあんなに芝居が上手だとは思いませんでしたよ……」

翌日の夜に報告に訪れた北澤は、興奮気味に栄三郎に言った。

退屈で変化のない浪人暮らしを送っていた水原、辻村、北澤にとって、今度のことは盟友の娘を救うという義挙に燃える想いに加えて、渡世人に扮して潜入するという行為が余りにも刺激的で、報告する北澤の顔付きも輝きを増していた。

「瀧本喜之助が水原さんの言うことをすっかり信じるようになってきたのなら、もうこっちのもんだ……」

栄三郎はほくそ笑んだ。

このところ、手習いの他は本所源光寺の岸裏伝兵衛が借り受ける僧坊に、松田新兵衛、又平と詰めている栄三郎であった。

事のあらましを話して、師の住みかを騒がせることを許して頂きたいと願った栄三郎に、伝兵衛は当然のごとくこれを快諾すると、また栄三郎がおもしろいことを始めよったと興味津々《しんしん》で、

「家の内が賑《にぎ》やかになって何よりじゃ。おれにも何か手伝わせろ」

と言っては、新兵衛に宥められているのだ。

相川伊十郎も暇《ひま》を見つけてはここに足を運んでいた。

箱上大学には秋月栄三郎立会の下《もと》に、今度のことについて打ち明けていた。思いの外《ほか》に人情家である大学は、事が済むまでは道場のことは気にせず、栄三郎の言葉に従えばよいとまで言ってくれていた。

「さて、それでは相川さん、明日の晩あたりが勝負ですよ」

「菊栄を取り戻すことはたやすうござろうが、娘の心の内まで取り戻すことができるかどうか……」

相川は不安であった。菊栄が不幸な境遇に身を置いていることは誰の目にも明らかである。しかし、卑しい金貸しの妾になることの何がいけないのか、喜之助の言うように、上げ膳、据え膳、女中の二人にかしずかれて暮らすことができるならばと、自ら進んでそんな暮らしに身を置く者とているだろう。菊栄がそうではないと誰が言えよう。

すでに瀧本家の娘ではなくなった今、菊栄を奪うのは好いが、その後の菊栄はどうして暮らしていくというのだ。一緒に住むかどうかは別にしても、相川は自分が菊栄の面倒を見るつもりではあるが、彼の想いは菊栄がそれを望んでいるという前提があってこそのものなのだ。

もし、奪い返す過程で菊栄が喜之助の想いに従うと言えばどうなる――考えられないことではない。

急を要する状態であったゆえに、いつでも屋敷から逃がすことができるような策を立てたが、それが余計なお節介に終わることも初めから危惧《きぐ》されていた。

それにもかかわらず、男たちが一人の娘を巡ってここまで手のこんだことをして立ち上がったのは、菊栄に汚れてほしくはないという彼らの純情が為《な》せる業《わざ》であったのだ。

その結末が間もなくわかる――それこそが勝負であると、秋月栄三郎は言ったのである。

「今さら何が生みの親だと、菊栄は見向きもしないのではなかろうか……」

相川の不安は収まらぬ。

「貴殿は娘御のためならば、命を擲《なげう》つ覚悟で喜之助という馬鹿に喧嘩を売ったのでござろう」

部屋の隅で黙々と仏像を彫っていた伝兵衛がここで口を挟んだ。

「はい……。せっかく箱上道場での暮らしをお世話頂きながら、このように申し上げるのは申し訳ござりませぬが、この相川伊十郎、菊栄のために命を捨てることに惜しゅうはございませぬ」

相川は姿勢を正して伝兵衛に応えた。

「それならば、娘御に気持ちは伝わっておりましょう。肉親の情というものは何よりも深いものじゃ」

伝兵衛はあやすような眼を向けた。

「もし、その想いが届かぬようであれば、もはやそれは貴殿の娘にはあらず、お諦めなされよ……」

相川は全身の力が脱《ぬ》けたかのように、ほっと息をつくとその場で畏まった。

——やはりこんな時は先生の一言が効《き》く。

栄三郎が伝兵衛の住まいを陣地にしたのは、ここから瀧本屋敷が近いということもあるが、自分よりも年長で、世間の悲哀を嚙みしめてきた相川伊十郎に励ましの言葉をかけられるのは伝兵衛の他に考えられなかったからである。

「時に栄三郎、娘御を取り戻す算段はどうにでもなるが、その喜之助の始末はどうつけるのだ。放っておくと仕返しを企むであろう。取るに足らぬ相手とはいえ、この際けりをつけておいた方がよい。だが、天下の直参を、今度のことで斬り殺すわけにもいくまい」

先ほどから話の輪に入りたくてうずうずとしていた伝兵衛は、栄三郎に訊ねた。

「さて、そのことでございますが、先だって田辺屋宗右衛門殿から、先生と新兵衛と宴席への招きを受けておりました……」

栄三郎は少し言いにくそうに応えた。

「おお、そうであったが、この様子ではそれどころではあるまい」

「いえ、その場を少しお借りしたいと……」

栄三郎は、ぽつりぽつりと喜之助に自ら墓穴を掘らせる案を語り出した。その話を聞くうちに、伝兵衛と新兵衛の目が丸くなり始めて、

「栄三郎、それはお前、いくら時がないと申したとて、ちとやり過ぎではないのか……」

ついには伝兵衛が呆《あき》れ顔で嘆息した――。

六

そして勝負の夜がやってきた。

本所北割下水にある瀧本家屋敷では、相変わらず相川伊十郎の討ち入りに備えて、流れ者の半次郎以下三名、横川の小平次以下五名が警戒に当たっていた。

とはいえ、相川が襲撃してくる様子はまるで見られないとの半次郎からの報せに、喜之助は相川の〝こけ脅し〟だと高を括《くく》り、緑屋へ文を送り、いよいよ明日、菊栄を譲り渡すつもりである、ついては八個用意されたし、不同意ならばこの文を送り返すように——と告げた。

八個とは、切餅《きりもち》が八つの二百両を指す。

「菊栄、緑屋の女房になってやってくれ。それがお前の幸せでもあるし、瀧本の家の惨状を救うことにもなるのだ。今宵《こよい》中に承知の返答を待っておるぞ……」

不承知ならば成敗してくれるという脅しを秘めての説得を、喜之助は菊栄にし終えて、今は自室で半次郎、小平次相手に一杯やっていた。

菊栄は終始無言で、ただ虚ろな目をして頷くだけであったが、もう諦めたかのように従順であった。

今は喜之助がとってくれた仕出しの豪勢な膳にもほとんど手をつけず、庭に面した障子戸《しょうじど》を細目に開けて、そこから夜空ばかりを眺めていた。

部屋から漏《も》れる灯を、庭で寝ずの番をしに配された由助こと辻村と、直助こと北澤が祈る想いで眺めていた。どうか菊栄の心の内がまだ、あどけない目をして自分たちに頰笑んでくれたあの日のままであらんことを――。

ふっと見上げると、屋根の上に人影が見えた。

秋月栄三郎に仕える又平という男が二人にニヤリとして頷いたかと思うと、再び向こうへと姿を消した。

菊栄は自分を取り巻く男たちの動きについては知る由もなかった。

これまで彼女の心を揺り動かしているのは、

――誰を恨むこともない。

という想いと、

――誰を慕《した》うこともできない。

という二つの想いであった。

父に離縁を迫った母も、それを呑《の》んだ父も、すべては自分を想ってのことであったのが、少しばかり回りが悪くなるうちにこのようなことになってしまったのだ。

それゆえ誰も恨まぬが、そうだといって誰に感謝し、誰を慕うことができるというのだ。

金貸しの三左衛門という男は折助《おりすけ》あがりで、武家の娘に目がないそうだ。喜之助は女房になってやってくれと言ったが、人形のようにどこかに据えられる妾奉公であることくらいは十六の身にもわかっている。

贅沢な暮らしを送れることが幸せというなら、容姿好く生んでくれた双親《ふたおや》に感謝するべきか――。

その父・相川伊十郎は、突如現れて自分のことを取り戻しに来ると言ってくれた。

だが、破落戸どもが所狭しと詰めているこの屋敷に来られるとは思っていない。大人の調子の好い言葉は、もううんざりとするほど聞かされてきた菊栄であった。

すべてを運命に委《ゆだ》ねるしかない身にあるのは諦めだけだ。諦めこそが今の菊栄を安らかにしてくれているのである。

――眠ってしまおう。

そう思った時、部屋の明かり取りの小窓の隙間から、ポトリと外から何かが落とされた。文であった。

手に取ってみれば、どこか懐《なつ》かしい手で認《したた》められた〝きくへ〟という文字――

それは相川伊十郎、父からのものであった。又平が頃合を見て投げ入れたものだが、そこには、この文を読んで納得がいけば、暮六つ（午後六時）を合図に庭へ出て裏木戸に向かうようにと、まず認められていた。

菊栄は庭に面した障子戸を閉め、しばし文を貪《むさぼ》るように読んだ。

その頃合を見計らって、北澤は外の様子を見て参りやすと、半次郎の前で喜之助に断って屋敷を出た。

すると、その直後に自室を出た菊栄が喜之助の前へとやってきて、半次郎と小平次も部屋を出た。

「菊栄、もう返事をくれるのかい……」

喜之助は当然兄の言うことを聞くのであろうなと、内心は冷や冷やとしながら訊ねた。

しかし、菊栄は、

「万事、兄上のお言葉に従いまする……」

と、きっぱりと言い切った。

「それは真か……」

「はい、先だって相川伊十郎があのようなことを申しましたが、元はといえばすべてはあの御人の不甲斐《ふがい》なさゆえのこと。ついて行ったとて、そこには苦労があるのみ……」

「うむ、よくぞ申した。これでお前も生きていくのに不自由はないし、この瀧本の家も助かる。なに、お前にはこの喜之助がついている。三左衛門が粗末にしゃがったらただじゃあおかねえ。好い暮らしをさせてもらいな……」

喜之助は上機嫌となって菊栄を自ら部屋へと連れていき、今は女中とておらぬ暮らしだが、明日からは夜具の用意も何もみな女中がしてくれるのだと猫撫《ねこな》で声で言って、喜十郎にこのことを報せ大いに喜ばせると、再び部屋で酒盛りを始めたのだが――。

暮六つの鐘が鳴ると、その様子を苦々しく庭の方から眺めていた辻村の前に、菊栄が自室より出て歩み寄った。

辻村は慌《あわ》てて駆け寄り、

「菊栄殿、心配いたしましたぞ……」

低い声で言った。

「辻村様なのですね……」

菊栄は辻村を見つめると、少し震える声で言った。つぶらな瞳はあの日の菊栄

のものと変わらない。辻村は不覚にも泣けてきて、

「左様……、左様でござるぞ……」

と、裏木戸へと菊栄を誘った。

「喜之助を油断させるために、得心したと嘘をついたのです」

「なるほど、これからが大事でござるぞ……」

辻村はそう言うと、塀《へい》の向こうに石くれを投げた。

すると、それが合図で裏木戸から相川伊十郎が忍んできた。

「父上……」

「菊栄……、この不甲斐ない父を、お前は今でも慕ってくれるのか」

「憎んでおりました……。この文を頂戴《ちょうだい》するまでは……」

「すまなんだ。許してくれ……」

菊栄は文を握りしめて涙にくれた。

その文には、この三年の間の悔悟と菊栄に対する想いが、ただただ綴《つづ》られてあった。

「お前の婿はこの父が選んでやるぞ。日の本一の婿を見つけてやるゆえ、お前は心安らかに日々を送り、優しい女子になるのだぞ……」

あの言葉は今もこの胸の内にあると――。

「よくぞ、よくぞ庭へ出てきてくれたな……」

「きくは婿などいりませぬ。ずうっと父上のお傍《そば》に置いてくださるならば幸せにございます」

菊栄はそう言って、にっこりと頰笑んだ。

「よし、参ろう……。外に駕籠が待っている。先棒を担いでいるのは雛助《ひなすけ》だ……」

「あの雛助が……」

雛助は以前、相川伊十郎の屋敷にいた小者《こもの》で、今は水原半之丞の小者であった九六《きゆうろく》と駕籠屋になっている。そして、この二人も旧主のために、今日の勝負に役立てばと駕籠を出してくれたのである。

「さあ、早く……」

手を取り合う父娘の姿にもらい泣きの辻村は低く呻《うめ》いた。

小平次の乾分二人が、庭に人影を見とめてやってきたのである。

「野郎！」

辻村はその刹那叫んで、相川に鳩尾《みぞおち》を打たれたふりをしてその場に倒れた。

「て、手前《てめえ》……！」

慌てる乾分二人に相川は無言で歩み寄ると、刀の鞘《さや》でたちまち突き倒して菊栄にその腕のほどを見せつけ、裏木戸から外へと出て菊栄を駕籠に乗せると、すっかりと暮れた夜道を走り去った。

しばらくすると屋敷内は大騒ぎとなった。

「手前、何をしてやがったんだ！」

半次郎に扮する水原は、辻村を叱《しか》りつけた。

「申し訳ありやせん……。お嬢様が外の風に当たりたいと仰《おつしや》って庭へ降りられた途端、浪人が塀の上から飛び降りてきやがって……」

辻村は密かに稽古を積んだ台詞を述べながら、痛がるふりをした。

「おのれ……！」

地団駄《じだんだ》を踏む喜之助を、

「喜之助、お前、おれの三十両はどうしてくれるのだ……」

と、騒ぎに自室から出てきた喜十郎は溜息をついたものだが、

「旦那、まだ勝負はこれからですよ。こんなこともあろうかと、腕の立つ新助を外へ置いていたんでございますよ……」

水原扮する半次郎はここでも貫禄を見せた。

「なるほど、そういうことか……」

「人手が足りずに、相川って野郎に隙を衝《つ》かれたってところでしょうが、まあ、待っていておくんなせえ……」

そうするうちに、北澤扮する直助が駆け戻ってきて、

「お嬢さんらしい娘を乗せた駕籠が小梅《こうめ》村の料理茶屋へ入っていきました……」

と、報告した。

相川らしき浪人が駕籠について走り去るのを新助と共に北澤が見かけ、これをそっと追いかけ確かめた後、屋敷へ駆け戻ってきたというのだ。

「相手は何人だ……」

半次郎が訊ねた。

「浪人の他は、商人《あきんど》が一人いるだけで……」

直助を演じる北澤の町人言葉も随分とこなれてきた。

「料理屋はどんな所だ」

「へい、静かな離れ屋で、踏み込むにはおあつらえ向きですぜ」

「旦那、お出まし願えますかい。あっしだけじゃあ心もとねえや……」

「ようし……、行ってやろうじゃねえか」

喜之助は、水原と北澤のやりとりに完全に乗せられた。

「おれについてこい！」

喜之助は太刀を摑むや、小平次たちを引き連れて屋敷を出た。

「おいおい、目立つことをするでないぞ。菊栄に怪我《けが》のないようにな。何といっても三十両が……」

後には不安げな顔をした喜十郎一人が残った。


一行は北澤の案内で、たちまち小梅村の業平《なりひら》橋にほど近い閑静な料理茶屋に到着した。

「こちらでごぜえやす……」

北澤は生垣《いけがき》の前で腰を屈め、一同はこれに倣った。料理茶屋には数棟の離れ屋が庭の中にひっそりと点在しているようだ。

方々で菊が見事に咲いている。鉢植えの意匠が凝《こ》らされた菊を部屋の内へと飾り、秋の夜長を楽しむという趣向がこの料理茶屋の売りであるのだが、今の喜之助一党にはそんなことはどうでもよいことであった。

「旦那……」

水原が喜之助に囁《ささや》いた。

目を凝らすと、庭を横切る男と女の姿があった。相川伊十郎と菊栄である。

「やはりいやがったか……」

今にも生垣を踏みこえそうな勢いの喜之助を水原は無言で押し止《とど》めた。

すると、庭の内から生垣へさして、黒い人影が現れた。頭には菅笠《すげがさ》を目深《まぶか》に被っている。

「奴は用心深く離れを移りやがったようですが、心配いりやせん……。新助兄貴が見張っておりやすので、ちょいとお待ちを……」

そう言い遺して、人影はまた消えた。

その正体は又平である。喜之助も小平次もこれが流れ者の半次郎の乾分であると信じて疑わなかった。松田新兵衛扮する新助など、もうすでにどこにも存在しないというのに、あの強烈に強い印象が頭の中に焼き付いていて存在を確信させるのだ。

又平はやがてまた黒い人影となって戻ってきて、生垣の内から一同を誘導して、

「あすこでございます……。素浪人とお嬢さんに商人がいるだけです。やるなら今ですぜ……」

やや歩いた所で立ち止まり、一棟の離れ屋を指した。障子にぼうっと浮かぶ影は、娘と商人に一人の侍の姿であった。

「よし、踏み込むぞ……」

水原はやくざ者たちを率いて低い生垣をとびこえ、料理屋の庭へと入った。つられて喜之助も行く。

「おう、お前も男をあげねえとな……」

水原は小平次を乗せて、ぽんと肩を叩いた。

「まあ兄弟、おれの働きを見てくんな」

小平次は喜之助に好いところを見せんとばかりに前へ出た。

「よし……！」

喜之助はついに抜刀して離れ座敷に踏み込んだ。

「おう！　野郎、覚悟しやがれ！」

しかし、がらりと障子戸を開けたところにいたのは菊栄と相川伊十郎ではなかった。

老年の大身の侍に、聡明《そうめい》な目鼻立ちの町の娘と恰幅《かっぷく》のいい商人、さらにその奥に障子に映っていなかった三人の武士がいた。

「うむ……？」

明らかに異変に気付いた喜之助であったが、逆上して気が動転した。

「手前ら、菊栄をどこへ隠しやがった！」

叫んだのと、三人の武士が殺到してきたのが同時であった。

この三人の武士こそ、秋月栄三郎、松田新兵衛、二人の剣の師・岸裏伝兵衛であった。

「無礼者めが。おのれここにおわすお方を南町奉行・根岸肥前守《ねぎしひぜんのかみ》様と知っての狼藉《ろうぜき》か！」

栄三郎の一喝《いっかつ》に、喜之助は目を丸くしたが、

「狼藉者めが！」

松田新兵衛が抜刀し繰り出した一刀に、たちまち刀を叩き落とされ、峰打ちを首筋に喰《く》らって呆気《あっけ》なくその場に崩れ落ちた。

なんと、喜之助が踏み込んだところは、南町奉行・根岸肥前守が、豪商・田辺屋宗右衛門とその娘・お咲と共に菊の宴《えん》を楽しんでいた座敷であったのだ。

「ど、どうなってるんだこいつは……」

小平次は叫ぶように半次郎を見たが、水原、北澤、辻村はすでにその場にはいなかった。

小平次とその乾分たちは、栄三郎、新兵衛、伝兵衛の三剣士にあっという間に、倒された。

秋月栄三郎が田辺屋との宴席にかこつけ喜之助に自ら墓穴を掘らせてやると言っていたのは、まさにこのことであった。

少し前に田辺屋から、御奉行を菊の宴にご招待することにしたのだが、奉行・根岸肥前守は久しぶりに栄三先生の話など聞いてみたいと言い出したゆえに、岸裏、松田両先生共々お出まし願いたいとの由があった。

「あの三先生がいれば供連れなど不要だな……」

肥前守はそう言って、田辺屋まで同道した家士をここで待たせ、三人の剣士に守られるようにしてこの料理屋へと入ったのである。

「ここを狙《ねら》わせれば、有無《うむ》を言わさず喜之助の狼藉を咎《とが》め立てることもできるであろう」

これが岸裏伝兵衛、松田新兵衛を呆れさせた始末のつけ方であった。

「栄三先生、お前さん、菊の宴に座興を用意すると言っていたが、それがこのことかい……」

連中を縛りあげて店の物置にことごとく放り込んでから、肥前守がニヤリと笑った。

「左様にございます。わたくしにおもしろい話をご所望《しょもう》と田辺屋殿から承《うけたまわ》りましたゆえにまず、話の中に出てきます馬鹿の顔をお見せいたしたく……」

空とぼけてぬけぬけと話し始めた栄三郎の様子がおもしろくて、たちまち肥前守の顔は笑みに包まれた。少しはらはらとして見ていた宗右衛門とお咲も、栄三郎の話に聞き入った。

「はッ、はッ、それで今の馬鹿どもはいってえ何をやらかしたんだい」

訊ねる肥前守は、やがて栄三郎の話に聞き入って、ほのぼのとして浪人たちの活躍を喜んだ。

「馬鹿どもが暴れ回っているというのに、なかなか奉行所の方も手が回らぬものだ。後でその浪人たちのことを誉《ほ》めてやるとしよう……」

人情家で、市井《しせい》の裏表を知り尽くした肥前守であればこその言葉であった。

その純情浪人たちは姿形も武士に改めて、盟友・相川伊十郎と菊栄を囲むようにして、意気揚々と帰りの道を急いでいた。

「皆の厚情、生涯忘れぬ……」

と、相川伊十郎が涙ぐめば、水原半之丞、辻村由次郎、北澤直人は、

「おれたちはやったな……」

「ええ、やりましたとも」

「まだ諦めるのは早《はよ》うござるな……」

爽《さわ》やかな笑顔を向け合った。五人の足取りは宙に浮かぶように軽かった。

人生は捨てたもんじゃない、その想いが確信に変わったればこそ――。

七

「ああ、菊の花が咲いてるってえのに、暑苦しいったらありゃしないよ」

板場の前に置いた鞍掛《くらかけ》にちょこんと腰を下ろして、煙管《きせる》をくゆらせるお染は溜息混じりに呟《つぶや》いた。

居酒屋〝そめじ〟では、いつもの小上がりで、秋月栄三郎と松田新兵衛が男同士の会話に時を過ごしている。

それゆえに又平は、〝善兵衛長屋〟の駒吉と二人、一杯やりにどこかへ出かけているそうな。

お染としては入る余地のないひと時が流れているのだ。

この日、松田新兵衛は自分が厄介事を持ち込んだ詫《わ》びに、秋月栄三郎に一杯振る舞った。

人の世話を焼くのが好きなのだ――。

そう言ってしまうにはあまりにも手間のかかる計略を、緻密《ちみつ》で大胆に、下手をすればきついお叱りを受けることも厭《いと》わずにやりとげてくれた剣友に、改めて新兵衛は感じ入ったのである。

事件は見事に都合の好い解決を見た。

お忍びの席とはいえ、時の町奉行・根岸肥前守の御前を破落戸を引き連れて荒らしたのである。瀧本喜之助は詮議にかかり、あれこれ不届きの段是《これ》有りとのことで拘束される日々。後日、父・喜十郎も呼び出しを受けた。おそらく父子共々に重罪は免《まぬが》れぬであろう。

横川の小平次も同様で乾分たちと今は牢《ろう》にある。緑屋三左衛門は金貸しの看板を下ろし、どこへともなく姿を消した。

流れ者の半次郎とその一味は、水原半之丞、辻村由次郎、北澤直人という浪人に立ち返り、相川伊十郎とその娘・菊栄との新しい暮らしにあれこれお節介を焼く毎日――。

栄三郎は、浪人たちは自分の指図によって肥前守の御前を汚すよう喜之助に仕向けたのであり、お気に召さねば自分に罪を与えてくださるようにと、行き過ぎた座興を肥前守に詫びたのである。

「栄三郎、おぬしの取次屋稼業を、一時《いっとき》おれは軽蔑《けいべつ》していたことがあった。それを今、謝る」

「なんだ新兵衛、お前、軽蔑していたのか」

「いや、だからそれは……」

「わざわざ言わなきゃあいいんだよ」

「だが、こうして詫びているのだ。素直に受け止めればよいであろう」

「わかったよ。どうしてお前は詫びながらそのように怒るんだろうな」

「怒ってはおらぬ！」

「わかったよ。お役に立てて何よりだったよ。ふッ、ふッ、これで、あの仲の好い浪人たちも、ちょっとは自分の生きる望みを持ってくれただろうな。何よりだ……」

剣友二人はふっと笑い合った。

「まあ、この先色々あるだろうがな」

と栄三郎が口を開いた。

「色々あるのが人の一生だ」

「ああ、だからおもしろい。だが、いい歳《とし》になれば落ち着いてもらいたい人もいる」

「岸裏先生のことか」

栄三郎は、剣友が同じ想いでいることに満足そうに頷いた。

「このところ色んな夫婦の生き方に触れて、何やらそんな気が、な」

「うむ……。先生が今さら妻をめとることとてないかもしれぬが、確かに落ち着いてもらいたいものだ」

「何とか、江戸に決まった住まいを作ってもらった。次は……」

「何だ」

「また、岸裏道場を構えてもらいたい」

「先生がまた道場を……。それは好いな。だが、先生は、まだまだ剣を求めて気《き》儘《まま》に旅をしたいようだ」

「その間は、新兵衛、師範代のお前が道場を守ればいいではないか」

「おれが師範代に……」

「一生修行……。それゆえ自分の道場を持つなど畏れ多い……。そんな新兵衛とて、師範代にはなれるだろう」

「今は岸裏先生の話をしている」

「お前も落ち着け。落ち着いてもらいたい」

「おい……」

「日々落ち着けば、生涯の伴侶《はんりょ》もまた欲しくなるものだ」

「何を言いたい」

「怒るな。今宵はおれが接待を受けているのだぞ」

「栄三郎……」

「とにかくこの好き日に、おれの存念を言っておく。新兵衛だからこそな……」

栄三郎は長年の友に向けてとっておきの笑顔を向けた。

さすがに豪雄・松田新兵衛も、これにはたじろいだ。

秋の長夜に暑苦しい男二人の攻防は、なかなか終わりそうにない——。

本書は二〇一三年五月、小社より文庫判で刊行されたものの新装版です。

一〇〇字書評

大山まいり

切り取り線

購買動機（新聞、雑誌名を記入するか、あるいは○をつけてください）	
□（　　　　　　　）の広告を見て	
□（　　　　　　　）の書評を見て	
□ 知人のすすめで	□ タイトルに惹かれて
□ カバーが良かったから	□ 内容が面白そうだから
□ 好きな作家だから	□ 好きな分野の本だから

・最近、最も感銘を受けた作品名をお書き下さい

・あなたのお好きな作家名をお書き下さい

・その他、ご要望がありましたらお書き下さい

住所	〒				
氏名		職業		年齢	
Eメール	※携帯には配信できません	新刊情報等のメール配信を 希望する・しない			

この本の感想を、編集部までお寄せいただけたらありがたく存じます。今後の企画の参考にさせていただきます。Eメールでも結構です。

いただいた「一〇〇字書評」は、新聞・雑誌等に紹介させていただくことがあります。その場合はお礼として特製図書カードを差し上げます。

前ページの原稿用紙に書評をお書きの上、切り取り、左記までお送り下さい。宛先の住所は不要です。

なお、ご記入いただいたお名前、ご住所等は、書評紹介の事前了解、謝礼のお届けのためだけに利用し、そのほかの目的のために利用することはありません。

〒一〇一-八七〇一
祥伝社文庫編集長　清水寿明
電話　〇三（三二六五）二〇八〇

祥伝社ホームページの「ブックレビュー」からも、書き込めます。

www.shodensha.co.jp/bookreview

祥伝社文庫

大山《おおやま》まいり　取次屋栄三《とりつぎやえいざ》

令和 7 年 1 月 20 日　初版第 1 刷発行

著　者　岡本《おかもと》さとる
発行者　辻　浩明
発行所　祥伝社《しょうでんしゃ》
東京都千代田区神田神保町 3-3
〒 101-8701
電話　03（3265）2081（販売）
電話　03（3265）2080（編集）
電話　03（3265）3622（製作）
www.shodensha.co.jp
印刷所　錦明印刷
製本所　積信堂
カバーフォーマットデザイン　中原達治

Printed in Japan ©2025, Satoru Okamoto　ISBN978-4-396-35101-4 C0193

祥伝社文庫の好評既刊

岡本さとる
取次屋栄三《えいざ》 新装版
武士と町人のいざこざを、知恵と腕力で丸く収める秋月栄三郎。痛快かつ滋味溢れる傑作時代小説シリーズ。

岡本さとる
がんこ煙管《ぎせる》 取次屋栄三② 新装版
廃業した頑固者の名煙管師に、もう一度煙管を作らせたい。廃業の理由は娘夫婦との確執だと知った栄三郎は……。

岡本さとる
若の恋 取次屋栄三③ 新装版
分家の若様が茶屋娘に惚れたという。心優しい町娘にすっかり魅了された栄三郎は、若様と娘の恋を取り次ぐ。

岡本さとる
千の倉より 取次屋栄三④ 新装版
手習い道場の外に講話を覗く少年の姿が。栄三郎が後を尾けると……。千に一つの縁を取り持つ、人情溢れる物語。

岡本さとる
茶漬け一膳 取次屋栄三⑤ 新装版
人の縁は、思わぬところで繋がっている。別れ別れになった夫婦とその倅、家族三人を取り持つ栄三の秘策とは？

岡本さとる
妻恋日記 取次屋栄三⑥ 新装版
亡き妻は幸せだったのか。かつて八丁堀同心として鳴らした隠居は、妻を顧みなかった悔いを栄三に打ち明け……。

祥伝社文庫の好評既刊

岡本さとる　**浮かぶ瀬**　取次屋栄三⑦　新装版

二親からも世間からも捨てられ、皆に嫌われる乱暴者の捨吉。彼を信じた栄三郎は、ある男と引き合わせる——。

岡本さとる　**海より深し**　取次屋栄三⑧　新装版

心を閉ざす教え子のため、栄三は亡き母の声を届ける。クスリと笑えてホロリと泣ける、大人気シリーズ第八弾！

岡本さとる　**一番手柄**　取次屋栄三⑩

どうせなら、楽しみ見つけて生きなはれ。じんと来て、泣ける！〈取次屋〉誕生秘話を描く、初の長編作品！

岡本さとる　**情けの糸**　取次屋栄三⑪

自分を捨てた母親と再会した捨吉《すてきち》は……。断絶した母子の闇を、栄三の〝取次〟が明るく照らす！

岡本さとる　**手習い師匠**　取次屋栄三⑫

栄三が教えりゃ子供が笑う、まっすぐ育つ！　剣客にして取次屋、表の顔は手習い師匠の心温まる人生指南とは？

岡本さとる　**深川慕情**　取次屋栄三⑬

破落戸《ならずもの》と行き違った栄三郎。その男、居酒屋〝そめじ〟の女将・お染《そめ》と話していた相手だったことから……。

祥伝社文庫の好評既刊

祥伝社文庫の好評既刊

畠山健二
新 本所おけら長屋（一）
二百万部超の人気時代小説、新章開幕。貧乏長屋の住人たちが巻き起こす、涙と感動の物語をご堪能あれ！

畠山健二
新 本所おけら長屋（二）
万造は相棒の松吉と便利屋《万松屋》を始めた。だが、請けた仕事を軒並み騒動に変えてゆく！　大人気時代小説。

佐倉ユミ
螢《ほたる》と鶯《うぐいす》
鳴神黒衣後見録《なるかみくろごこうけんろく》
鳴神座に拾われた男は、裏方として舞台を支える役をもらう。だがその前途は多難で——芝居にかける想いを描く。

佐倉ユミ
ひとつ舟
鳴神黒衣後見録《なるかみくろご》
見習い黒衣の狸八は、肝心の場面でしくじってしまう。裏方として舞台を支える中で見つけた、進むべき道とは？

佐倉ユミ
華ふぶき
鳴神黒衣後見録《なるかみくろご》
鳴神座にかけられた四半世紀前の呪い。若き役者と裏方たちは因縁の芝居を成功させるため、命を懸けて稽古する！

有馬美季子
つごもり淡雪そば
冬花《ふゆか》の出前草紙
一人で息子を育てながら料理屋〈梅乃〉を営む冬花。ある日、届けた弁当に毒を盛った疑いがかけられ……。

祥伝社文庫の好評既刊

有馬美季子
おぼろ菓子 深川夫婦《めおと》捕物帖
花魁殺しを疑われた友を助けるべく、料理屋女将と岡っ引きの夫婦が奔走する！　食と推理を楽しめる絶品捕物帖。

有馬美季子
心むすぶ卵 深川夫婦《めおと》捕物帖
立て籠もった男の女房はなぜ死んだのか？　江戸の禁忌、食に纏わる謎。夫婦と料理の力で真相を暴く絶品捕物帖。

あさのあつこ
にゃん！ 鈴江三万石江戸屋敷見聞帳
町娘のお糸が仕えることなった鈴江三万石の奥方様の正体は――なんと猫!?　抱腹絶倒、猫まみれの時代小説！

あさのあつこ
もっと！　にゃん！ 鈴江三万石江戸屋敷見聞帳
町娘のお糸が仕えるのは、鈴江三万石の奥方さま（猫）。四方八方から魔の手が忍び寄り、鈴江の地は大騒ぎ！

吉森大祐
大江戸墨亭《ぼくてい》さくら寄席《よせ》
大事なひとを救う――。貧乏長屋で育った幼馴染の二人が、診療代を稼ぐため寄席をひらく！　感動の青春時代小説。

吉森大祐
おやこ酒 大江戸墨亭さくら寄席
ろくでなしの父から一通の文が届いた。だがそれは、娘を嵌める罠だった――。駆け出しの落語家が〝親〟に向き合う。

〈祥伝社文庫　今月の新刊〉